鸟

The Birds and The Frogs

蛙

[古希腊] 阿里斯托芬 著

[英] 约翰·奥斯汀　[美] 阿瑟·勒恩德 —— 绘　　张竹明 —— 译

I want you to give me wings, then float up,

flying high into the clouds where I can pluck

wind-whirling preludes swept with snow.

目录

鸟	/	1
开场	/	5
进场	/	26
第一场	/	39
第二场（对驳）	/	49
第一插曲	/	67
第三场	/	73
第二插曲	/	97
第四场	/	101
合唱歌	/	130
第五场	/	132
退场	/	152

蛙	/	157
开场	/	159
进场	/	198
第一场	/	207
第二场	/	216
第三场	/	222
插曲	/	232
第四场	/	238
第五场	/	248
第六场（对驳）	/	254
退场	/	309

鸟

人物

欧埃尔庇得斯	雅典人
佩斯特泰罗斯	雅典人
鹪鹩	戴胜的管家
戴胜	
歌队	由各种鸟组成
祭司	
诗人	
预言家	
墨同	几何学家
视察员	
卖法律者	
报信者甲	
报信者乙	
伊里斯	神的信使
传令官	
逆子	
克涅西阿斯	酒神颂作家
讼师	
普罗米修斯	
波塞冬	海神
特里拜洛斯	色雷斯的神
赫拉克勒斯	
仆人	佩斯特泰罗斯的仆人
报信者丙	

无台词人物

奴隶若干人

吹笛者

吹笛女

男孩

祭司的仆人

开 场

（荒山中，背景里有一棵树和一石崖，
欧埃尔庇得斯带一穴鸟，佩斯特泰罗斯带一乌鸦上）

欧埃尔庇得斯

（向穴鸟）

你叫我一直朝那棵树走去吗？

佩斯特泰罗斯

该死，我的乌鸦叫我往回走。

欧埃尔庇得斯

坏家伙，还要我们上上下下跑很久吗？
这样前前后后地，要把我们折腾死的。

佩斯特泰罗斯

瞧我多傻，听了乌鸦的话，
东转西转，跑了千里[1]多路。

欧埃尔庇得斯

我不傻吗？听了穴鸟的话，
脚打了泡，磨掉了趾甲。

佩斯特泰罗斯

如今我们身在何处，我也不知道。

欧埃尔庇得斯

从这儿你找得到回城的路吗？

---

[1] 希腊的里，1 里相当于 184.97 米。

佩斯特泰罗斯

说真的，就是埃克塞克斯提得斯[1]在这里也没办法。

欧埃尔庇得斯

哎呀，真倒霉！

佩斯特泰罗斯

最好你独自去倒霉吧！

欧埃尔庇得斯

那个在市场上卖鸟的黑心商人
菲洛克拉提斯对我们胡说八道，
他说乌鸦和穴鸟能告诉我们忒瑞斯在哪儿，
他说忒瑞斯就是在这个市场上变成戴胜鸟的。[2]
于是我们上了这骗子的当，花了一奥波尔[3]买了这穴鸟，
三奥波尔买了那乌鸦。
可是他们什么也不会，除了啄我们的手。

（向穴鸟）

现在你张着嘴干什么？要把我们带去撞岩石吗？
要知道，这里是什么路也没有了。

佩斯特泰罗斯

宙斯[4]作证，真的，这里也没路走了。

欧埃尔庇得斯

可是乌鸦说这条路怎么样？

1. 雅典奴隶，加里亚人，靠钻营得以加入雅典国籍。
2. 神话说，色雷斯王忒瑞斯娶普罗克涅为妻，又强奸了妻妹菲洛墨拉。后普罗克涅姊妹杀了儿子伊提斯作为报复。忒瑞斯追杀她们。她们一个变成了夜莺，一个变成了燕子，忒瑞斯也变成了戴胜鸟。
3. 古希腊一种小银币。
4. 众神的统治者。奥林波斯十二神之首。

佩斯特泰罗斯

宙斯呀，他现在叫声跟刚才又不一样了。

欧埃尔庇得斯

关于这条路他到底怎么说？

佩斯特泰罗斯

我只明白他想要啄掉我的手指头。

欧埃尔庇得斯

这不是很遗憾吗？我们俩
有心离家要到乌鸦那里去[1]，
可是瞧，怎么也找不到去那里的路。
诸位观众，我们受苦，问题在于，
我们生了一种病，与萨卡斯[2]正好相反：
他不是市民，硬要钻进来做个雅典人，
我们有部落有族籍，受人尊敬，
是公民生活在公民中间，没人来赶我们走，
可是我们俩迈开大步，飞离祖国。
这并不是因为我们厌恶这个城市，
不，它既强大又富足，繁荣昌盛，
大家都可以花钱付罚款和税费。
可譬如知了，在树上叫一个月顶多
两个月也就完了，而我们雅典人
一辈子在法庭上诉讼，没完没了。
这就是为什么我们出发上路，

---

1. 意思是找晦气。
2. 悲剧诗人阿克斯托尔的外号。他出生于中亚游牧部落，后入籍雅典。"萨卡斯"意即斯基泰人。

带着篮子、罐子和长春花枝[1]

游过来荡过去，找一个清静的去处，

好定居下来，过和平宁静的生活。

现在我们是在寻找忒瑞斯，

那个戴胜鸟，向他打听一下，

他从高空中有没有见过这样的城市。

佩斯特泰罗斯

喂！

欧埃尔庇得斯

什么事？

佩斯特泰罗斯

我的乌鸦

向上面叫了好一阵子了。

欧埃尔庇得斯

我这里穴鸟

也向上面张着嘴，好像叫我看什么，

我相信那儿一定不会没有鸟，

让我们试发个响声，马上就知道了。

佩斯特泰罗斯

你知道怎么办吗？拿你的腿去撞石头。[2]

[1] 在建立一个新城市时祭神用的必需品。篮子里装着食品，罐子里装着圣火，长春花枝在祭祀时编花冠戴在头上。
[2] 旧有一则孩子气的笑话，说拿腿撞石头可使鸟掉下来。

欧埃尔庇得斯

你拿头去撞石头,那就加倍地响了。

佩斯特泰罗斯

算了,拿块石头敲敲吧。

欧埃尔庇得斯

好吧,孩子,孩子。

佩斯特泰罗斯

干吗这么叫?干吗管戴胜叫孩子?
不应当叫他孩子,应该管他叫爹[1]。

欧埃尔庇得斯

爹,要我再敲一下吗?
爹!
(鹪鹩上,二人见状大惊,手中鸟飞去)

鹪鹩

谁呀?谁在叫我的主人?

欧埃尔庇得斯

阿波罗[2]保佑!好大的一张嘴呀!

鹪鹩

啊呀,不得了!来了两个捉鸟的!

---

1. "爹"和戴胜的"戴"谐音。
2. 光明之神。奥林波斯十二神之一。

欧埃尔庇得斯

长相这么难看，讲话也难听。

鹪鹩

你们这是找死。

欧埃尔庇得斯

且慢，我们不是人。

鹪鹩

那你是什么？

欧埃尔庇得斯

我是"心惊肉跳"，非洲来的鸟。

鹪鹩

胡说八道。

欧埃尔庇得斯

不是胡说，你一看就知道了。

鹪鹩

那个又是什么鸟？喂，你不答话吗？

佩斯特泰罗斯

我是"屁滚尿流"，法息斯[1]的雉鸡。

1. 古代法息斯河口一城市。

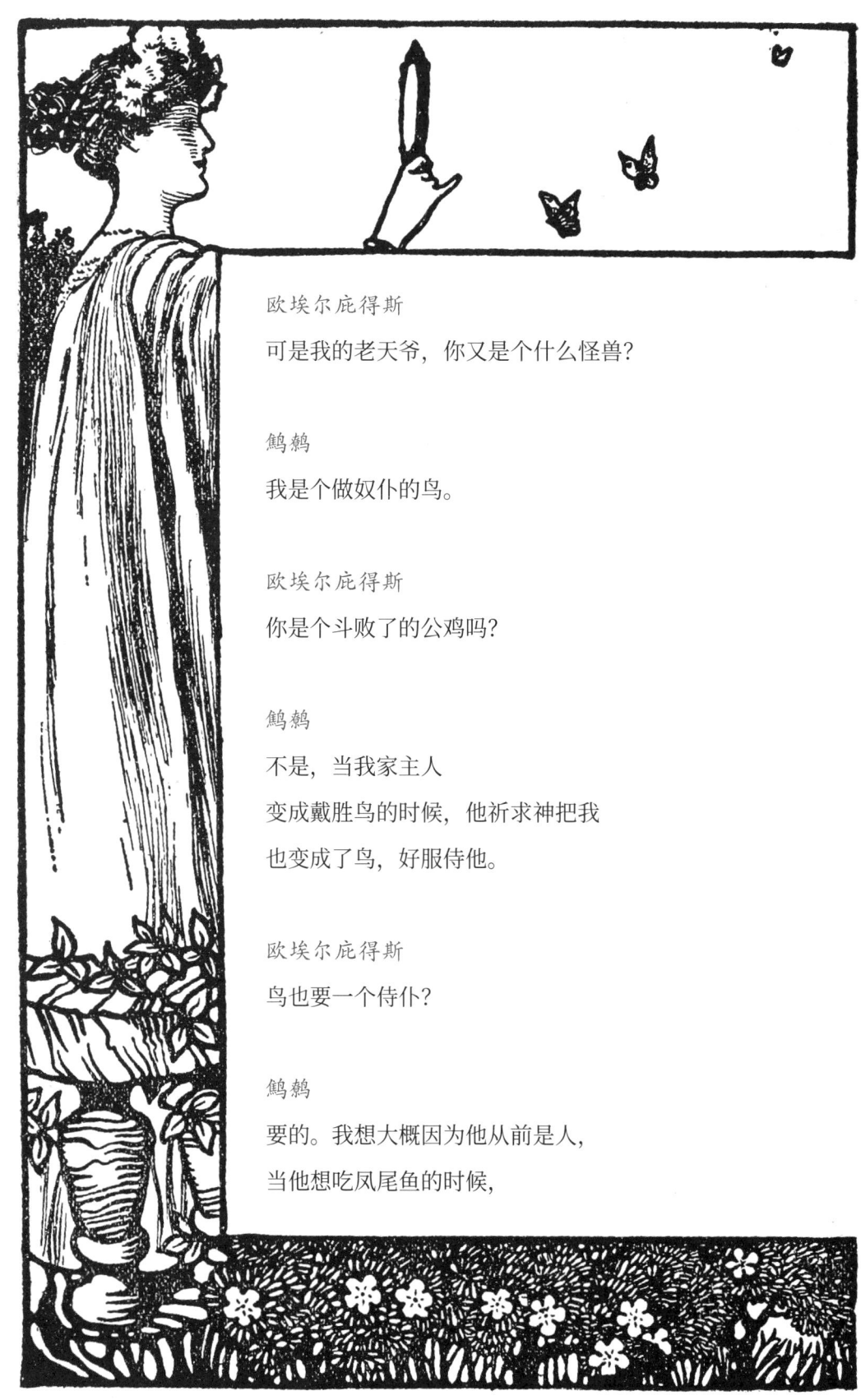

欧埃尔庇得斯

可是我的老天爷,你又是个什么怪兽?

鹪鹩

我是个做奴仆的鸟。

欧埃尔庇得斯

你是个斗败了的公鸡吗?

鹪鹩

不是,当我家主人
变成戴胜鸟的时候,他祈求神把我
也变成了鸟,好服侍他。

欧埃尔庇得斯

鸟也要一个侍仆?

鹪鹩

要的。我想大概因为他从前是人,
当他想吃凤尾鱼的时候,

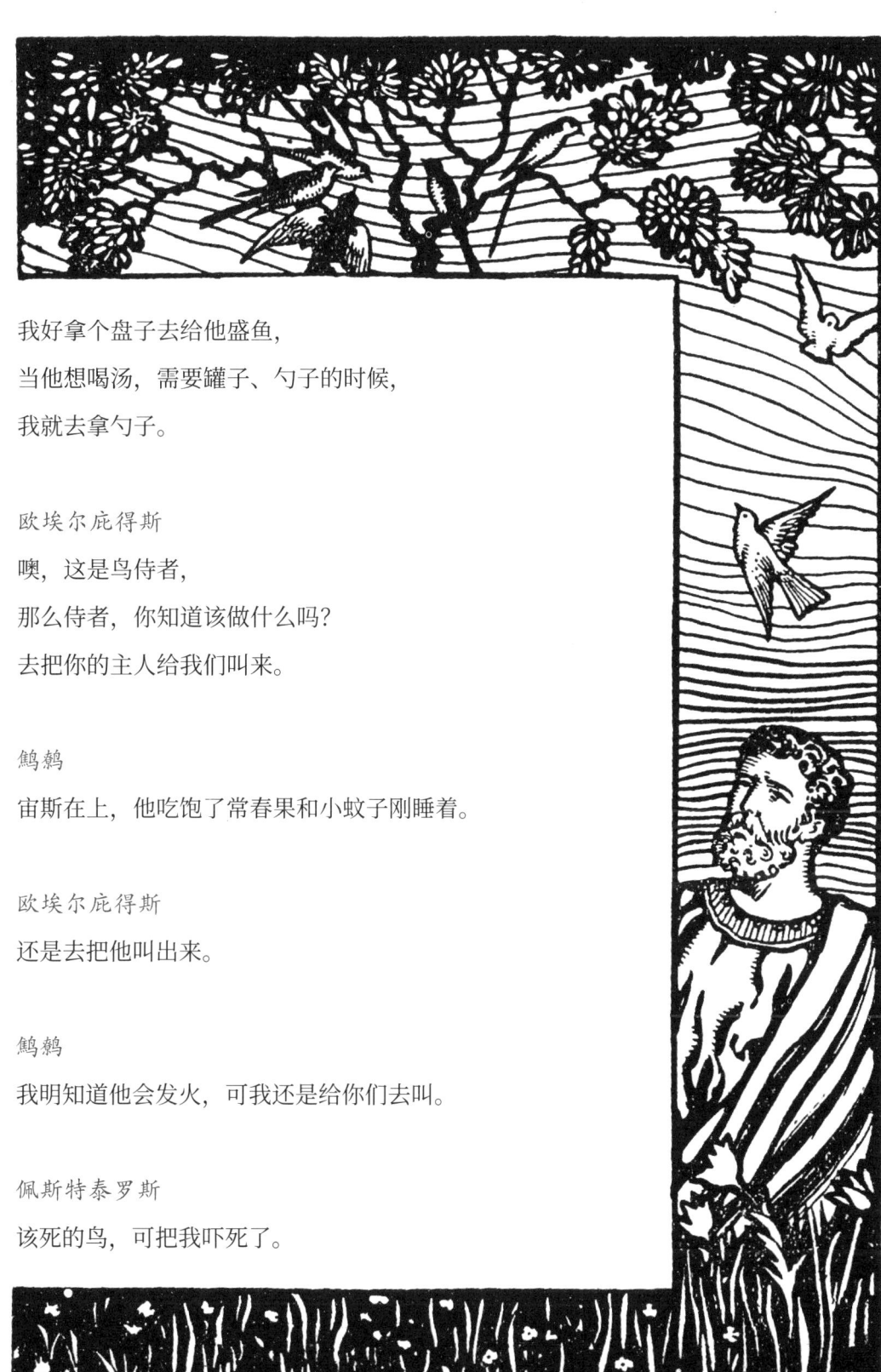

我好拿个盘子去给他盛鱼,
当他想喝汤,需要罐子、勺子的时候,
我就去拿勺子。

欧埃尔庇得斯
噢,这是鸟侍者,
那么侍者,你知道该做什么吗?
去把你的主人给我们叫来。

鹪鹩
宙斯在上,他吃饱了常春果和小蚊子刚睡着。

欧埃尔庇得斯
还是去把他叫出来。

鹪鹩
我明知道他会发火,可我还是给你们去叫。

佩斯特泰罗斯
该死的鸟,可把我吓死了。

欧埃尔庇得斯

唉呀，倒霉，我的穴鸟也给吓跑了。

佩斯特泰罗斯

你这个胆小鬼，是你害怕，把他放走的。

欧埃尔庇得斯

你说说看，你不也是摔了一跤放走了你的乌鸦？

佩斯特泰罗斯

宙斯作证，我可没有。

欧埃尔庇得斯

那他哪儿去了？

佩斯特泰罗斯

他飞走了。

欧埃尔庇得斯

那么你没有放走？真是个好汉。

戴胜

（自内）

打开丛林，待朕出去观看一下。

（戴胜上）

欧埃尔庇得斯

赫拉克勒斯[1]啊,这又是一个什么怪兽?

谁曾见过这样的翅膀,头上这样的三簇毛?

戴胜

什么人找我?

欧埃尔庇得斯

十二位天神怎么把你糟蹋成这个样子?

戴胜

你看见我身戴羽毛,

笑话我这样子?客人啊,要知道,我原来是人。

欧埃尔庇得斯

我们不是笑你这个。

戴胜

那么笑什么?

欧埃尔庇得斯

你的尖嘴我们看了好笑。

戴胜

这是索福克勒斯[2]在他的悲剧[3]里

把我忒瑞斯变成这个样子的。

1. 大力神。宙斯与阿尔克墨涅之子。
2. 古希腊剧作家,和埃斯库罗斯、欧里庇得斯并称古希腊三大悲剧诗人。
3. 失传的悲剧《忒瑞斯》。

欧埃尔庇得斯

你就是忒瑞斯吗?你是个鸟还是个孔雀?[1]

戴胜

我是个鸟。

欧埃尔庇得斯

那你的毛哪里去了?

戴胜

脱落了。

欧埃尔庇得斯

生了什么病吗?

戴胜

不是,冬天所有的鸟都要脱毛,再长新毛。
告诉我,你们是什么?

欧埃尔庇得斯

我们?是人。

戴胜

来自什么种族?

[1] 当时孔雀还是一个外来的新奇动物,人们将其和一般的鸟分别看。

欧埃尔庇得斯

有勇敢舰队的国家。

戴胜

噢，你们是陪审员？

欧埃尔庇得斯

不，我们是另外的一种
是一种反陪审的公民。

戴胜

你们那儿也有这一种？

欧埃尔庇得斯

从乡下你可以找到少许。

戴胜

但是你们到这里来有什么事？

欧埃尔庇得斯

我们想请教你。

戴胜

关于什么？

欧埃尔庇得斯

你当初也是个人,像我们一样,

也有人向你要债,像我们一样,

你也不想还债,像我们一样;

后来你变了种,变成了一只鸟,

在陆地上和海洋上飞来飞去,

所以你有人的感受也有鸟的感受;

因此我们来到你这里向你求教:

能不能告知我们一个城邦,那里舒服

像一件皮袄,我们可以在里面睡个好觉。

戴胜

你们要找一个比克拉那依[1]更大的城吗?

欧埃尔庇得斯

不要更大,要更舒适一点的。

戴胜

大概是要找一个贵族专政的。

欧埃尔庇得斯

不,我厌恶斯克利阿斯之子的名字[2]。

戴胜

那你们想住在一个什么样的城里呢?

---

1. 克拉那依是雅典最古名称,意为"崎岖的"。
2. 斯克利阿斯之子的名字是阿里斯托克拉忒斯,意即"贵族专政"。他又是四百人议事会成员,故这里一语双关。

欧埃尔庇得斯

这样的城里最大的麻烦只是:

一清早就有朋友上门来

喊道:"看在宙斯的分上,

请你和孩子们一洗澡就到

我那儿来,我要请你吃喜酒;

可别不来;不然的话,

等我倒霉的时候可别来找我。"

戴胜

宙斯在上,你真是爱找麻烦。

(向佩斯特泰罗斯)

你又要什么样的?

佩斯特泰罗斯

我也酷爱这样的。

戴胜

什么样的?

佩斯特泰罗斯

在那里有一些漂亮男孩的父亲

遇见我时会好像受了委屈似的埋怨我:

"好哇,小滑头,听说你遇见

我儿子运动后从澡堂子里回家,

也不吻吻他,也不搂搂他亲密一下,

也不摸摸他的屁股，亏得你还是他的长辈。"

戴胜

可怜虫啊，你真爱找麻烦。
红海边倒有个你喜欢的
这种城市。

欧埃尔庇得斯

哎呀，无论如何
我不到海边去，说不定哪一天我们又看见
那艘萨拉弥尼亚号带着传票靠岸了。[1]
你对我们说说看，在希腊有没有这样的城市？

戴胜

那么何不去住在埃利斯的
勒普瑞奥斯城？

欧埃尔庇得斯

不，我虽然没去过勒普瑞奥斯
但由于墨兰提奥斯的缘故，我一听见这名字就恶心。[2]

戴胜

但是，还有洛克里斯的奥普提奥斯人，他们
那里应该可以住得。

---

1. 此剧上演前数月该船曾被派往西西里将远征军统帅亚西比得带回雅典受审。
2. 墨兰提奥斯是个悲剧作家，据说患有麻风病。麻风病一词和勒普瑞奥斯发音相近。

欧埃尔庇得斯

要我做奥普提奥斯[1]

给我一特兰同[2]金子我也不干。

这里鸟的生活过得怎么样?

这你是知道得很清楚的。

戴胜

还不错,首先这里过日子不需要钱袋。

欧埃尔庇得斯

这就是说,你们生活中少了许多祸害。

戴胜

我们只在园子里吃白芝麻,

石榴籽、水堇菜籽和罂粟籽。

欧埃尔庇得斯

那你们的生活真过得快乐如新郎啊![3]

佩斯特泰罗斯

(突然)

哈哈,我想出了一个适用于鸟类的伟大计划,

并且完全可能实现,只要你们相信我。

戴胜

相信你什么呢?

1. 这个奥普提奥斯是个人名,他是个职业告密者,发音与前行奥普提奥斯(作为人种名)相同。
2. 古希腊质量及货币单位。
3. 因为雅典人都是将这些籽实掺在婚礼糕饼里的。

佩斯特泰罗斯

相信什么吗?

首先,你们别再张着大嘴到处飞,

这是不体面的。举个例说吧:

在我们那儿,如果你问及那些游手好闲的人,

"那家伙是谁?"特勒阿斯[1]就会这样说:

"一个鸟人,轻飘飘地,飞来飞去,

糊里糊涂地,总是停不下来。"

戴胜

酒神在上,这讥笑有理。

我们因此该做什么呢?

佩斯特泰罗斯

建立一个城邦。

戴胜

我们鸟类能建立什么城邦?

佩斯特泰罗斯

真的不能吗?你说话好糊涂。

你往下看。

戴胜

我看了。

[1] 特勒阿斯自己就是一个游手好闲的人。

佩斯特泰罗斯

现在往上看。

戴胜

我看了。

佩斯特泰罗斯

把脸转过去。

戴胜

宙斯在上,我要是把脖子扭了,才不划算呢。

佩斯特泰罗斯

你看见了什么?

戴胜

云和天空。

佩斯特泰罗斯

这里不是鸟类的枢轴吗?

戴胜

枢轴?什么意思?

佩斯特泰罗斯

就是说,地方。因为诸天转动时,一切

都以此为中心,故被称为枢轴。
你们在这里聚居,筑起城墙,
把这地方叫作城邦。
你们将因此像蝗虫那样统治人类,
像墨洛斯人的饥荒[1]那样毁灭天神。

戴胜
怎么做?

佩斯特泰罗斯
大气在天和地之间。
就像我们雅典人要去皮托,必须经过波奥提亚,
因此,在人类向天神献祭时,
如果天神不向你们进贡,
你们就不许祭肉的香气
通过你们的城邦和大气混沌。

戴胜
真妙!真妙!
我以国土、陷阱、乌云和罗网起誓,
我从来没听说过比这更妙的主意。
在你帮助之下我愿意建成这样一个
城邦,如果别的鸟也同意的话。

佩斯特泰罗斯
可是谁去向他们解释我们的计划?

---

1. 在不到一年之前,墨洛斯人曾遭受饥荒,人类受饿也就没东西献神。

戴胜

你呀！他们此前不懂人话，自从
我和他们住了这么长时间之后，
已经教会他们说人话了。

佩斯特泰罗斯

可是你如何召集他们呢？

戴胜

再容易不过。
我马上到丛林里去，
叫起我的妻子夜莺，
我们一起叫，一听到我们的歌声，
他们立刻就会飞奔而来的。

佩斯特泰罗斯

啊，最亲爱的鸟，别耽搁了；
我求你，快到密林里去，
越快越好，把夜莺叫起。

进 场

戴胜

（退入景后唱）

别再睡了，我的妻，
满腹神圣哀伤的妻，
愿你的嗓子响起颤音，
哀悼我们的伊提斯，
让歌声穿过叶丛，
使叶簇颤动，因你哭时
黄色颈颔的颤动。
回音阵阵飞向众神

直达宙斯宝座。
金发福波斯操起竖琴，
拨动琴弦，众神起舞，
用歌声回应你的歌声，
让歌声再起，清纯甜美，
让永生众神回应你的歌声。
（景后笛声作夜莺鸣叫）

欧埃尔庇得斯
宙斯王啊，这小鸟的歌声
像香甜的蜜流过丛林。

佩斯特泰罗斯
喂。

欧埃尔庇得斯
什么？

佩斯特泰罗斯
别做声！

欧埃尔庇得斯
为什么？

佩斯特泰罗斯
这戴胜鸟也要唱了。

戴胜

戴戴戴戴戴胜，我是戴胜。

噢，噢，来吧，来吧，来吧！

到这里来吧，和我一样穿羽衣的鸟们！

从农民的土地上，从茂盛的麦丛中，

赶快飞到我这里来吧，

成千上万啄食种子的；

你们赶快飞来吧，

带着轻柔甜蜜的歌声，

藏身在翻耕过的土块间，

藏身在垄沟里的小鸟

唧唧唧地轻声叫着；

迪奥[1]，迪奥，迪奥，迪奥！

你们，在果园里

在藤萝上觅食的，

还有你们，在山上橄榄树间飞来飞去的，

大家赶快飞到我这里来吧；

特里奥托，特里奥托，托托布里克斯！

还有你们，在茂盛的草地上，

在广阔的沼泽地里，

吞食蚊虫的，

还有你们，住在宽广的

马拉松平原上的

有彩色羽毛的鸟类，

还有你们，在起泡沫的海面上

和翠鸟一起飞翔的，

---

1. 鸟叫声。后文"特里奥托""托托布里克斯""陀罗""陀罗廷克斯""乞卡布""利利铃克斯""迪奥廷克斯""陀陀廷克斯"等皆为鸟叫声。

赶快来我这里听取新闻吧。
所有长脖子的，叫声嘈杂的
鸟群，集合到我这里来吧。
我们这里来了个极聪明的
老头儿诡计多端，
他有个新鲜主意，想做个新鲜事情，
快来吧，鸟们，快来参加讨论。
过来吧，过来吧，过来吧，过来吧！
陀罗，陀罗，陀罗廷克斯！
乞卡布，乞卡布，
陀罗，陀罗，陀罗，利利铃克斯！

佩斯特泰罗斯
你看见什么鸟了吗？

欧埃尔庇得斯
阿波罗作证，我没有，
我张着嘴望着天，一只也没看见。

佩斯特泰罗斯
我看戴胜在林子里
像田凫一样，是白叫一顿。

戴胜
陀罗廷克斯，陀罗廷克斯！
（第一只鸟上）

佩斯特泰罗斯

瞧，好朋友，这儿真有个鸟来了。

欧埃尔庇得斯

宙斯作证，真的是只鸟。但是什么鸟呢？莫非是只孔雀？

（戴胜鸟上）

佩斯特泰罗斯

戴胜本人许能告诉我们，这是只什么鸟？

戴胜

这不是只常见的鸟，你们难得见到，
她生活在沼泽地。

欧埃尔庇得斯

五彩的，真漂亮。

戴胜

不错，她的名字就叫锦鸡。

欧埃尔庇得斯

喂，看这个！

佩斯特泰罗斯

你嚷什么？

（第二只鸟上）

欧埃尔庇得斯

这里又来了一只。

佩斯特泰罗斯

真又是一只，像是外国来的。

这个翻山而来的先知是只什么鸟？

戴胜

他叫作米底鸟。

佩斯特泰罗斯

米底鸟？赫拉克勒斯啊！

没有骆驼他从米底[1]怎么来的？

（第三只鸟上）

欧埃尔庇得斯

瞧，又来了一只，头上长着多好看的冠毛呀！

佩斯特泰罗斯

这又是一个什么怪物？戴胜不止你一个，

另外还有一个？

戴胜

这是菲洛克勒斯[2]的儿子

戴胜，我是他的爷爷，就像你们说，希帕尼科斯

是卡利阿斯的儿子，希帕尼科斯的儿子又叫卡利阿斯。

[1] 西亚古国，当时已属波斯帝国版图。
[2] 菲洛克勒斯是个悲剧作家，也写有一个关于忒瑞斯的悲剧。这里拿他开玩笑。

佩斯特泰罗斯

噢,这个鸟就是卡利阿斯,他怎么毛都掉光了?[1]

戴胜

他是个烂好人,被酒肉朋友
和那些娘儿们拔光了毛。

(第四只鸟上)

佩斯特泰罗斯

波塞冬[2]啊,这里又是只冠毛漂亮的鸟。
他叫什么?

戴胜

这鸟叫饭桶。

佩斯特泰罗斯

除了克勒奥倪摩斯[3]还有什么饭桶吗?

欧埃尔庇得斯

他要是克勒奥倪摩斯,还不丢了头盔?

佩斯特泰罗斯

可是这些鸟的头盔又有啥用处呢?
要去参加武装赛跑吗?

1. 卡利阿斯是一个富人,但把钱挥霍光了。这里拿他开玩笑。
2. 海洋之神。奥林波斯十二神之一,宙斯的哥哥。
3. 斯巴达亚基亚德世系的王族。

戴胜

正像卡瑞斯人
为了安全住在山顶上。[1]

（歌队上）

佩斯特泰罗斯

波塞冬啊，你看见飞来了多大的一群鸟吗？

欧埃尔庇得斯

阿波罗王啊，黑压压的一群。呀，呀！
他们涌过来挡得连进出口[2]都看不见了。

佩斯特泰罗斯

这儿是只鹧鸪，那儿，宙斯作证，是只竹鸡，
这儿又是只赤颈凫，那儿又是只翠鸟。

欧埃尔庇得斯

翠鸟后面跟着个什么？

佩斯特泰罗斯

那是什么鸟？是只鹈鹕。

欧埃尔庇得斯

剃胡子的也是鸟吗？

---

1. "头盔"、（鸟的）"冠毛"和"山顶"在希腊文里是同一个词。
2. 歌队上下场的进出口。

佩斯特泰罗斯

斯波尔吉洛斯不是个鸟吗?

这儿是只猫头鹰。

欧埃尔庇得斯

你说什么?谁把猫头鹰带来雅典[1]?

佩斯特泰罗斯

松鸦、斑鸠、云雀、燕雀、岩鸠、鹳鸟,

鸦鹄、鹞鹰、林鸽、红爪鸟、红头鸟、紫鸟,

皂周鸟、红隼、连雀、鹗鸟、沙鸡、啄木鸟。

欧埃尔庇得斯

呀,呀,一大群的鸟!

呀,呀,一大堆的鸟!

看他们那叫的样子,看他们那跑的样子,

是不是要啄我们?唉呀,他们都张着嘴瞪着你和我。

佩斯特泰罗斯

我也正有这想法。

歌队长

呼唤我们的在哪哪哪哪里?

他待在什么地方?

---

1. 雅典猫头鹰很多。把猫头鹰带来雅典是"多此一举"的意思。

戴胜

我一直在这里,从来不曾离开朋友。

歌队长

你有什什什什么好消息要告诉我们?

戴胜

这消息将对你们有益,使你们开心。
我们这里来了两位挺有办法的人——

歌队长

谁?在哪里?你说什么?

戴胜

我说,从人类来了两个老头儿,
他们带来了一个伟大的计划。

歌队长

你这罪人,我从未见过像你这样的作恶者,
你说什么?

戴胜

别激动。

歌队长

你对我做了什么呀!

戴胜

这两个老头儿希望和我们生活在一起。

歌队长

你决心把他们留下了?

戴胜

我决心并且高兴留下他们。

歌队长

这两个人就在我们这里?

戴胜

是的,就和我在你们身边一样。

歌队

(首节)

哎呀,哎呀!
我们被不光彩地叛卖了,
我们曾经爱他和他同食,

住在一起，关系融洽，
如今他破坏了祖先的法规，
忘记了鸟类的誓言。
引我们上当，
把我们出卖给了可恶的
人类，我们永恒的对头。（首节完）

歌队长
关于他我们回头再算账，
现在让我们先判这两个老头
死刑，把他们大卸八块。

佩斯特泰罗斯
唉，我们的死期到了。

欧埃尔庇得斯
这些灾祸都是你惹来的。
为什么你要把我带来这里？

佩斯特泰罗斯

为了我有个搭档。

欧埃尔庇得斯

为了要我大哭一场。

佩斯特泰罗斯

完全是胡扯蛋!
他们把你眼珠子全都啄掉了,
你还怎么哭?

歌队

(次节)

冲呀,冲呀!

杀呀,杀呀,血战一场!

两翼展开,包围他们

前进,拼死战斗!

冲呀,杀了他们!

冲呀,吃了他们!

别让他们逃了

不论上入云天下入土地,

还是藏入深山躲进老林。(次节完)

歌队长

赶快呀!啄他们,撕他们,杀了他们!

我们的将军在哪里?右翼进攻呀!

第一场

欧埃尔庇得斯

他们来了,倒霉我往哪里逃?

佩斯特泰罗斯

你就不能不逃吗?

欧埃尔庇得斯

等他们把我撕碎吗?

佩斯特泰罗斯

你以为能逃得过他们的尖嘴利爪吗?

欧埃尔庇得斯

我一点主意也没有了。

佩斯特泰罗斯

我对你说,我们应该停下来,拿起沙锅战斗。

欧埃尔庇得斯

沙锅顶什么用?

佩斯特泰罗斯

猫头鹰就不过来了。[1]

欧埃尔庇得斯

对那些鸷鸟怎么办?

佩斯特泰罗斯

拿把烤肉的叉举在面前抵挡。

欧埃尔庇得斯

我的眼睛怎么办?

佩斯特泰罗斯

拿个盘子或碟子挡一挡。

---

1. 雅典每年沙锅节这一天,人们用沙锅煮菜献给雅典娜女神,而猫头鹰是雅典娜的圣鸟,所以说看见沙锅就不会攻击了。

欧埃尔庇得斯

你真聪明！作为统帅一下子就找到了办法。
好样的！在战略上你比尼西阿斯[1]还要高明。

歌队长

冲呀，杀呀，进攻呀，不要停止战斗！
抓呀，啄呀，打呀，撕呀，先打破沙锅！

戴胜

喂，最无赖的畜生！你们想要干什么
杀死、撕碎这两个无辜的人？
要知道，他们还是我老婆的本家呢。[2]

歌队长

我们干吗要怜悯他们，像怜悯
豺狼一样？我们还有更大的仇人吗？

戴胜

虽然人类是我们的天敌，但是他们俩对我们
是友好的，他们是来给我们出好主意的。

歌队长

他们祖祖辈辈就是我们的敌人，
怎么会来给我们出好主意呢？

1. 雅典政治家。
2. 在变成鸟之前，忒瑞斯的妻子普罗克涅乃是雅典王女。

戴胜

但是,聪明人能向敌人学到许多东西;
警惕能救一切;向朋友学不到
这个,向敌人能学得很好。
譬如,各国建造高大的城墙,巨大的战舰,
就都是向敌人学来的,而不是向朋友学来的;
学了这个就保护了孩子、家庭和财产的安全。

歌队长

这样看来,我们应该先听听这两个人
说话,既然向敌人也能够学得到智慧。

佩斯特泰罗斯

(向欧埃尔庇得斯)
他们好像怒气平息了,咱们撤退吧。

戴胜

(向鸟群)
你们这样才合我的意,才对头。

歌队长

直到现在我们从来没有和你抬过扛。

佩斯特泰罗斯

现在气氛平和了,就是说,
我们可以把沙锅和盘子放下了;

但是，我们将举起烤肉用的叉，
像举着长矛似的，巡行
军营，从沙锅的顶上
巡察碉楼。
还谈不上撤退。

欧埃尔庇得斯
如果咱们死了，你说，
人们会把咱俩埋葬在哪里？

佩斯特泰罗斯
埋在烈士公墓，
用公费埋葬，
我们将报告将军们，
是在鸟城[1]对敌人
作战牺牲的。

歌队长
各就各位集合成队！
收起火气放下怒气，
像战士收起武器。
让他们回答：来干什么的，
他们是什么人，来自何方。
戴胜，戴胜，我在叫你呢。

---

1. 阿尔戈利斯的一城名。

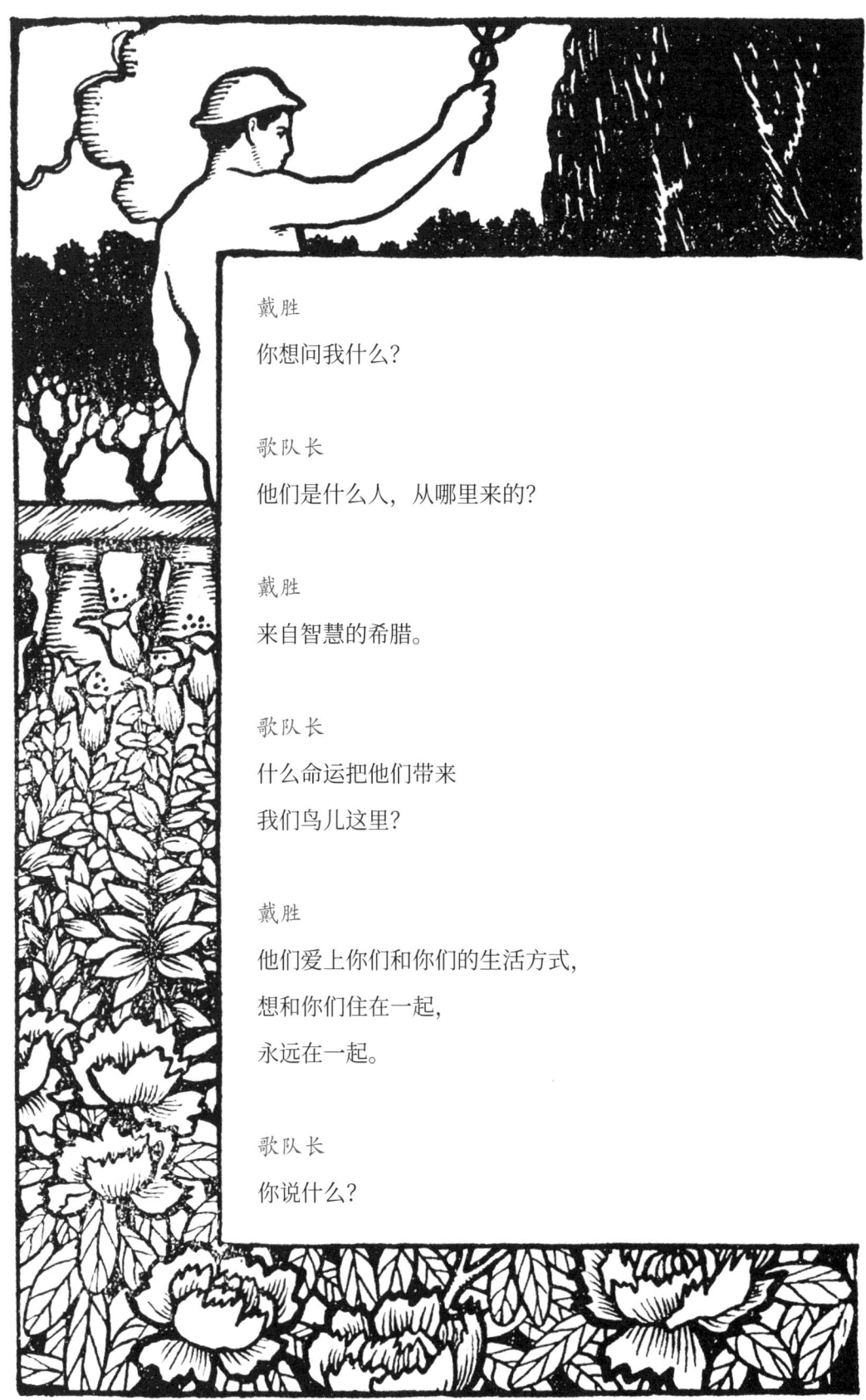

戴胜

你想问我什么?

歌队长

他们是什么人,从哪里来的?

戴胜

来自智慧的希腊。

歌队长

什么命运把他们带来
我们鸟儿这里?

戴胜

他们爱上你们和你们的生活方式,
想和你们住在一起,
永远在一起。

歌队长

你说什么?

他们说了什么话?

戴胜
你们听了简直难以置信。

歌队长
同我们住在一起,
他想收到什么利益,
或者得到什么好处?
伤害一个可恶的敌人
还是帮助一个亲爱的朋友?

戴胜
他们说的好处太大了,
没法说,也没法相信。
他们说,一切都是
你们的:这里的,那里的,
近处的,远处的,各处的。

歌队长

他们发疯了?

戴胜

不,他们很正常。

歌队长

他们头脑糊涂?

戴胜

十分狡猾,像只狐狸,
整个人就是主意、办法、诡计的化身。

歌队长

说吧,你叫他们快说吧!
我听了你说的话,
高兴得快要飞起来了。

戴胜

你,还有你,把全套武装拿进去,
把它们好好地挂起来,
挂在炉子边,灶台上方。
(向佩斯特泰罗斯)
我们召集他们来听的话,
你就对他们说个清楚吧。

佩斯特泰罗斯

凭阿波罗发誓,我不干,
除非他们跟我订立条约,
就像那个猴头脑的刀匠[1]
跟他的老婆约好的那样,他们
也不咬我,不拉我这家伙,不挖我……

歌队长

哪里?这里……?永远不会的。

佩斯特泰罗斯

我要说的是不挖我眼睛。

歌队长

我们都答应你。

佩斯特泰罗斯

郑重发誓!

歌队长

我们发誓!并且让所有评判员和所有观众
都判我们赢。

佩斯特泰罗斯

会的。

1. 这个刀匠有一个很凶的老婆。

歌队长

如果我们撒了谎，就让我们只多得一票好了。

戴胜

大家听着！所有的战士
都拿着武器回家去，
等待下一步的命令。

第二场（对驳）

歌队

（首节）

人类天性：

时时事事狡狯；

可我还是愿意听你们说说。

你们碰上了什么我们没见过的

想不到的好主意，也是可能的；

有什么见解就跟大伙儿讲吧！

因为，不管你们帮助我们

得到什么利益，

都属我们全体共有。（首节完）

歌队长

把你们的主意拿出来吧，说说你们的来意，
大胆地说吧！我们是不会首先破坏盟约的。

佩斯特泰罗斯

宙斯作证，我的肚子发胀，话都快从里边
流出来了，这下再没什么拦挡得住我说话了。
来人呀，快拿花冠来，拿水来洗手。

欧埃尔庇得斯

怎么？我们要赴宴吗？

佩斯特泰罗斯

不，我是要做一次精彩的重大演说，
要叫他们惊心动魂。
（向歌队）
我为你们十分难过，
你们早先是王……

歌队长

我们是王？什么王？

佩斯特泰罗斯

你们是万物之王，首先是我和这人的王，还是宙斯本人的王。

你们比克罗诺斯和提坦神族[1]还要早,
比大地还老。

歌队长
比大地还老?

佩斯特泰罗斯
是的,阿波罗作证。

歌队长
宙斯在上,这可从没听说过。

佩斯特泰罗斯
这是因为你们孤陋寡闻,没有文化,没读过
《伊索寓言》;他说过云雀是第一个出生的鸟,
比大地还早,后来他父亲得病死了,
因为没有大地,停尸五天没法埋葬,
后来不得已就把父亲埋在他自己头里了。

欧埃尔庇得斯
这云雀的父亲如今还埋在头乡[2]。

佩斯特泰罗斯
既然你们生得比大地和众神都早,
既是长辈,王位岂不应该属于你们?

---

1. 原始神之后出现的古老神族。克罗诺斯是第一代提坦十二神的领袖。
2. 头乡是阿提卡的一个乡区。

欧埃尔庇得斯

（指着佩斯特泰罗斯）

阿波罗在上，他也应该使自己长出一张尖嘴来，

不然，宙斯大概是不会轻易把王位让给啄木鸟的。[1]

佩斯特泰罗斯

古时候统治人类的不是众神而是鸟类，

他们是王，这有很多证据。

譬如，远在大流士和墨伽巴纽斯之前[2]，

波斯人的王是公鸡，他统治所有波斯人，

所以至今公鸡还被叫作波斯鸟。

欧埃尔庇得斯

就因为这缘故，公鸡至今还有波斯大王的派头，

难怪，鸟类里只他有王冠的装饰。

佩斯特泰罗斯

他曾经是这么强大有力，以致人们至今

还记得他往日的权力，只要他清晨一唱，

大家就都起床工作，不论铜匠、陶工、皮匠、鞋匠，

还是织布的、卖面粉的、修竖琴的；

有的人天不亮就穿上鞋子上工了。

欧埃尔庇得斯

他这是在笑话我呢。

我的一件弗律基亚毛大衣就是这么不幸丢了的。

[1]. 橡树是宙斯的圣树，因此啄木鸟啄橡树，就是攻击宙斯。
[2]. 大流士是公元前521年至前485年波斯阿契美尼德帝国君主，墨伽巴纽斯是其手下的将军。

有人家庆祝小孩出生十天[1]，请我进城去吃酒，
在大家豪饮之前我就喝醉了，打盹睡下了。
这时鸡啼了，我以为天亮了，就赶回家去。
但是刚出城，一个打劫的就从背后给了我一棍子。
我被打倒在地，刚想叫，他就抢了我的大衣跑掉了。

佩斯特泰罗斯
还有鹞鹰，曾经称王统治希腊人。

歌队长
希腊人的王？

佩斯特泰罗斯
也就是这个最早的王要我们
一看到鹞鹰就得下拜[2]。

欧埃尔庇得斯
狄奥倪索斯作证，有一次，
我看见一只鹞鹰，趴下磕头。张开嘴，望着天，
一下把铜钱咽了下去[3]，只好空手回家了。

佩斯特泰罗斯
至于埃及和整个腓尼基都曾经视布谷鸟为王。
一听到布谷鸟叫"布谷"，所有的腓尼基人
和埃及人就全都要下地去收割大麦和小麦了。

1. 小孩出生第十天是命名日。
2. 其实这是民间流传的风俗。
3. 希腊人爱把钱放在嘴里。

欧埃尔庇得斯

所以这句俗话有道理："布谷了，割了包皮的

小伙子们下地去呀！"[1]

佩斯特泰罗斯

在希腊人的城邦里不管哪个人为王

统治国家，阿伽门农或墨涅拉奥斯[2]，

总得有个鸟站在他的权杖上[3]接受贡品。

欧埃尔庇得斯

以前我总是不明白，总是奇怪，

在悲剧里普里阿摩斯[4]总是带着一只鸟，

看来那鸟是等吕西克拉忒斯[5]，好收受贿赂。

佩斯特泰罗斯

最有力的证据在于，当今世界的统治者宙斯，

他的头上站着一只鹰，作为王权的标志，

他的女儿带着一只猫头鹰，阿波罗作为他的侍仆带着一只隼。

欧埃尔庇得斯

得墨忒尔[6]作证，这话说得对。可这是为什么呢？

佩斯特泰罗斯

为的是在祭祀时人们把祭肉送到神手里之前，

鸟可以比宙斯、雅典娜、阿波罗先吃到祭肉。

从前人们立誓时，不是呼神，总是呼鸟作证的。

---

1. 这是一句谚语，呼唤健壮的年轻人干活的。
2. 阿伽门农是希腊迈锡尼国王，墨涅拉奥斯是阿伽门农之弟，斯巴达国王。
3. 国王权杖上雕着一只鸟。
4. 特洛伊国王。
5. 吕西克拉忒斯是一个雅典贪官的名字，同时又有"亡国者"之意，在悲剧里大概是作为普里阿摩斯的形容词。
6. 农业、谷物和丰收之神。奥林波斯十二神之一。

现在兰朋[1]要骗人的时候还是用鹅立誓的。

大家从前都是那么看重你们，

可是如今把你们看作奴隶、傻子、浑虫，

还用石块打你们，像打疯子一样。

甚至在圣林里捕鸟的人

也设下罗网、圈套、笼子、夹子，

手拿拍网，撒下诱饵、布下捕鸟器；

把你们捉到手便一串串地卖掉；

人买鸟时还用手摸摸肥瘦；

等到他们认为可以吃了，

还不肯烤烤就吃，

还要先抹上香油奶酥

加上酱醋姜葱

还要做个

又油又烫的卤子，

浇在你们身上，

好像你们的肉是臭的。

歌队

（次节）

听了你的话，人啊，

我们真是非常非常痛苦，

我们真要为父辈的灾难痛哭，

他们没能把光荣祖先的

权力和地位保传到我们这一辈，

如今命运派你来造福于我们，

1. 著名的预言家。

作为我们的救星出现。
我把自己和一家老小
托付给你了,我们的希望。(次节完)

歌队长

我们该怎么办?请你指教我们。
不然我们就不值得活了,
如果我们不能用这样那样的办法恢复我们鸟类的王权。

佩斯特泰罗斯

那么,首先我建议建立一个鸟类的城市国家,
然后筑起一圈像巴比伦那样的高大的砖墙,
围住整个大气和天地之间的广阔空间。

欧埃尔庇得斯

克布里昂和帕菲里昂[1]啊,一个多么惊人的堡垒呀!

佩斯特泰罗斯

高大的城墙造好了,就向宙斯要回王权;
他如果不承认、不情愿、不让步,
就对他进行神圣战争,向众神宣布,
不许他们从你们国境通行,像从前跑来跑去
跟阿尔克墨涅、阿洛佩、塞墨勒通奸那样[2]。
他们要是再下来,就在他们那东西上
盖个戳子,让他们不好再奸淫女人。
再派一个鸟到下面去通知人类,

---

[1] 两个巨人的名字。
[2] 宙斯跟阿尔克墨涅生赫拉克勒斯,跟塞墨勒生狄奥倪索斯;波塞冬跟阿洛佩生希珀松。

鸟现在是王，今后要向鸟类献祭，

然后才轮到众神。还要给

每一位神配上一只合适的鸟；

若是向阿佛洛狄忒[1]献祭，先得给鹬鸟献麦子；

若是向波塞冬献祭，先得给鸭献麦子；

若是向赫拉克勒斯献祭，先得给鱼鹰献蜜糕；

若是向宙斯王献上一头羊，凤头鸡是

鸟中王，先得献给他一只没阉过的蚊子。

欧埃尔庇得斯

我喜欢这样的蚊子，伟大的宙斯啊，响你的雷去吧。

歌队长

可是人类怎么会把我们看作神而不是鸟呢？

要知道我们长着翅膀，是飞行的呀！

佩斯特泰罗斯

蠢话！宙斯作证，

赫尔墨斯[2]是神，他也长着翅膀会飞呀！

还有许多别的神也是这样。

再如胜利女神，她用金翅膀飞，还有，

宙斯作证，小爱神也会飞。

还有伊里斯[3]女神，荷马不是说过吗：

她"有如受惊的鸽子"？

1. 爱与美之女神。奥林波斯十二神之一。
2. 众神之使者兼冥界引导者，贸易、旅者、小偷和畜牧之神。奥林波斯十二神之一。
3. 彩虹女神，诸神的使者。

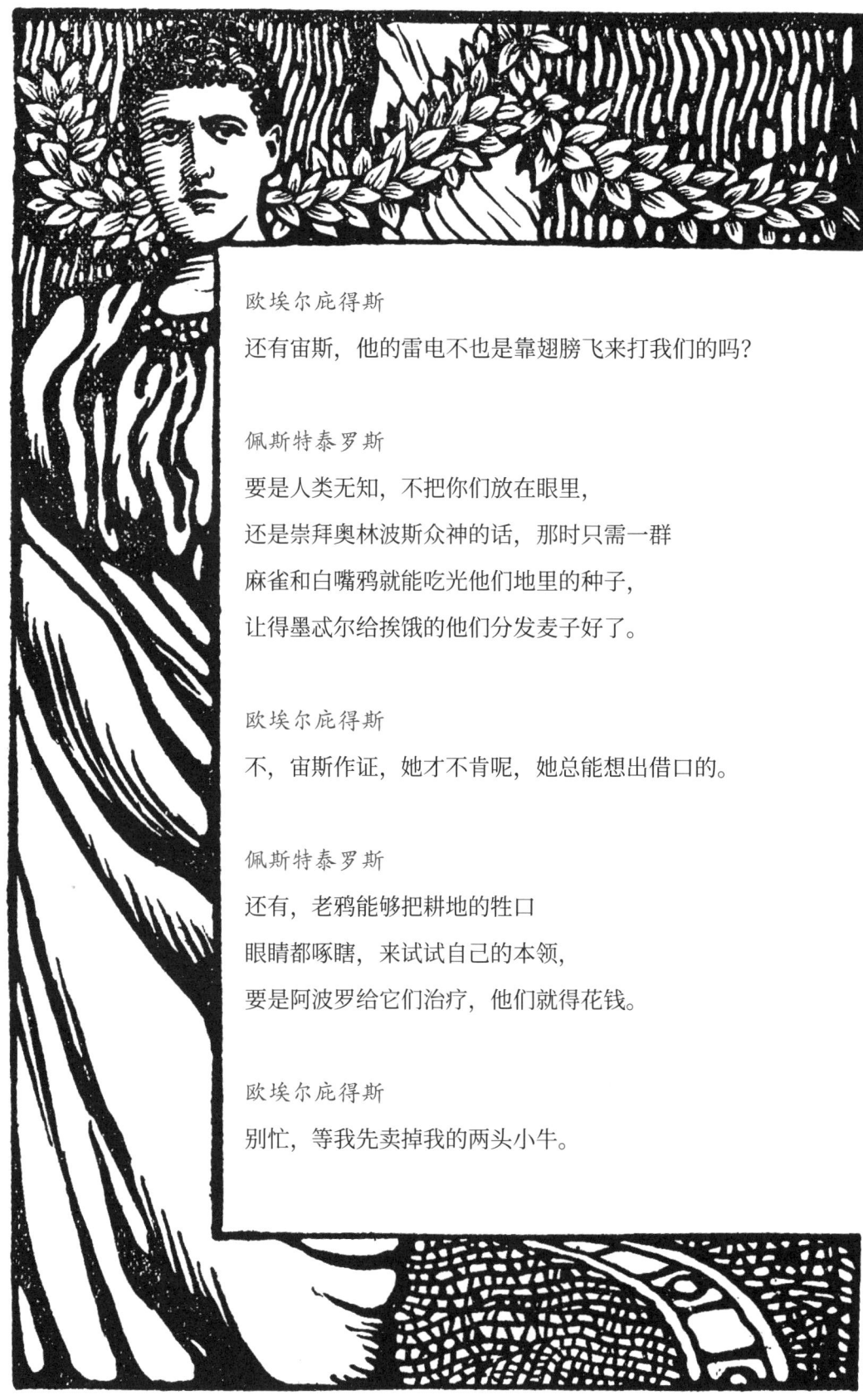

欧埃尔庇得斯

还有宙斯,他的雷电不也是靠翅膀飞来打我们的吗?

佩斯特泰罗斯

要是人类无知,不把你们放在眼里,
还是崇拜奥林波斯众神的话,那时只需一群
麻雀和白嘴鸦就能吃光他们地里的种子,
让得墨忒尔给挨饿的他们分发麦子好了。

欧埃尔庇得斯

不,宙斯作证,她才不肯呢,她总能想出借口的。

佩斯特泰罗斯

还有,老鸦能够把耕地的牲口
眼睛都啄瞎,来试试自己的本领,
要是阿波罗给它们治疗,他们就得花钱。

欧埃尔庇得斯

别忙,等我先卖掉我的两头小牛。

佩斯特泰罗斯

可是,如果他们承认你们是神,是他们的命根子,

是大地、克罗诺斯和波塞冬,

他们就什么好处全有了。

歌队长

你说一个我听听。

佩斯特泰罗斯

首先,蝗虫就吃不了他们的葡萄了,

单是猫头鹰和鹨鸟的队伍就可以消灭它们。

那些蚜虫、树瘿虫呀,也不能再吃掉无花果了,

一队画眉就可以把它们消灭个精光。

歌队长

可是他们最爱钱,我们到哪里弄钱给他们呢?

佩斯特泰罗斯

他们来问卜的时候,鸟类可以给他们财富。

你们可以预先告知他们哪些买卖有大利润,

下海不死一个人。

歌队长
怎么能不死人呢?

佩斯特泰罗斯
有人来问卜，你就告诉他下海怎么样:
"现在别下海，要起风啦！""现在可以下海，会有钱赚。"

欧埃尔庇得斯
我要搞只船下海去啦，不跟你们待在一起啦。

佩斯特泰罗斯
你们还可以把从前人埋的金银财宝
告诉他们；这你们都是知道的。俗话说得好:
"除了飞鸟谁也不知道我的财宝藏在哪儿。"

欧埃尔庇得斯
我要卖了船，买把锄头挖坛子去了。

歌队长
身体健康是神给的，我们怎么给呢?

佩斯特泰罗斯
有了钱还怕身体不健康?
你知道，人没钱身体好不了。

歌队长

人的寿命是奥林波斯诸神定的，以后人们怎么能活到老呢？
或许，童年就要夭折了。

佩斯特泰罗斯

宙斯作证，鸟还将把人的寿命增加到三百岁呢。

歌队长

哪儿来？

佩斯特泰罗斯

哪儿来吗？从鸟自己来。
你不知道"聒噪的老鸦活五代"吗？

欧埃尔庇得斯

啊，啊，鸟做我们的王真比宙斯好得多。

佩斯特泰罗斯

好得多！
首先我们不用为鸟
建造大理石的庙，
装黄金的门；
他们就住在树林子里
灌木丛里，橄榄树
就是鸟类的圣庙。
也不用到得尔斐

和阿蒙去献牲祈祷了；

就站在橄榄树、

杨梅树下，撒下

小麦、大麦的麦粒，

举起祷告的双手；

祈求鸟类为了这些麦粒

立刻给我们降下我们

在祈祷中要求的福利。

歌队长

老人啊，你曾经是我们的敌人，

如今是我们最好的朋友，

如今我们一定照你的话办事不违背你的意旨。

歌队

我们相信你的话，

我们真心实意向你发誓：

如果你想和我们结成神圣同盟，

并且公正无私地遵守盟约，

如果你和我们一致

向居住天庭的神宣战，

可恨的天神很快

就会向我们交出权力。

歌队长

所有需要力气的事情我们来，这方面我们行，

一切需要智慧和算计的事情，我们寄希望于你。

戴胜

以宙斯的名义发誓,我们不能再耽搁。

不能再像尼西阿斯那样犹豫不决了,

应当尽快行动起来。首先

请二位光临我的巢穴,

柔软的树枝,暖和的草舍。

还有你的大名,请你见告。

佩斯特泰罗斯

容易不过,

我名叫佩斯特泰罗斯。

戴胜

这一位呢?

佩斯特泰罗斯

克利奥乡的欧埃尔庇得斯。

戴胜

向二位致敬!

佩斯特泰罗斯

很高兴,谢谢。

戴胜

这里请进。

佩斯特泰罗斯

我们走。请你前面带路。

戴胜

请。

佩斯特泰罗斯

啊呀呀,我忘了,等一等。
你说说看,我们不会飞的和你们
会飞的,怎么共同生活呢?

戴胜

那没问题。

佩斯特泰罗斯

你看《伊索寓言》里不是说过吗?
有一回狐狸和老鹰同住就吃了亏。

戴胜

不用害怕。我有一种草药,
你们吃了就会长出翅膀。

佩斯特泰罗斯

那么我们就进去吧。喂,克珊提阿斯
和曼诺多罗斯,拿起行李跟我们进去吧!

歌队

喂，我叫你，我叫你呢。

戴胜

叫我干什么？

歌队

你请他们在你家里好好吃顿饭吧！
再把那个甜嗓子的夜莺叫出来
和缪斯[1]同声歌唱，
把她留在我们这里吧，我们好跟她一起玩。

佩斯特泰罗斯

看在宙斯的分上，答应他们这个请求吧！
叫那小鸟儿从芦苇丛中飞出来吧！

欧埃尔庇得斯

我以众神的名义求你，让她出来吧，
我们也希望看看她。

戴胜

既然你们都这么说，我不反对。
喂，普罗克涅，出来吧！见见客人。
（一穿羽衣的吹笛女出）

[1] 主司艺术与科学的女神。

佩斯特泰罗斯

尊敬的宙斯啊,多么漂亮的小鸟儿呀!

多么鲜嫩呀!多么白净呀!

欧埃尔庇得斯

你说我能干她一下吗?

佩斯特泰罗斯

她有那么多的金子,真像个待嫁的闺女。

欧埃尔庇得斯

我很想跟她亲吻一下。

佩斯特泰罗斯

你这倒霉鬼,她有一张尖利的嘴。

欧埃尔庇得斯

像剥蛋壳似的,我把她的硬嘴

剥下来,再吻她的唇。

戴胜

我们走吧。

佩斯特泰罗斯

你带路吧,愿老天赐我们好运。

(佩斯特泰罗斯、欧埃尔庇得斯与戴胜同下;舞台上留下歌队和吹笛女)

第一插曲

歌队长

（短语）

啊，你，最亲爱的

金色的鸟啊，

用你甜美的声音

来和我们的歌吧，

来吧，来吧，我看见你了，

听见你的声音了；

用你清音的笛来

伴奏我们迎春的歌吧，

开始唱起来吧。

歌队长

（插曲正文）

凡间的人类啊，你们芸芸众生，与草木同朽。
你们软弱无力，朝生暮死，有如蜉蝣，
你们不能飞腾，像影子一样，同梦幻一样。
看看我们吧，我们是不朽的神，长生不老。
我们飞翔于大气之中，思考神圣的一切。
你们能向我们学习到无上的玄机妙理——
鸟类的天性、诸神的产生，黑暗与混沌。——懂得了
这些真理，你们就不会再听普罗狄科斯[1]胡言了。
一开头只有混沌、夜、黑暗和深广的塔尔塔罗斯；
还没有大地、空气和天；在黑暗的
怀抱里，夜首先生出了风卵；
经过一些时间渴望的爱产生了，
他背上有金翅膀，像旋风一般；
在深广的塔尔塔罗斯里他与黑暗的混沌交合，
生出了我们，首先把我们带进光明；
在爱使一切交合之前并没有神的族类；
万物交合才产生天、地、大洋
和不死的众神族类。所以我们
比所有的天神都要早得多。我们是爱所生，
这是很明显的；因为我们又有翅膀又帮助相爱者；
不止一次热恋中的男人征服了任性的漂亮男孩，
都是由于得到我们的帮助，在赠送了鹌鹑、秧鸡、
塘鹅、波斯鸟之后始获得他们的欢心。
人类一切重大福利都来自我们鸟类。
首先我们告知时令：春天、冬天和秋天；

---

[1] 当时的一个诡辩派哲学家。

大雁叫着南迁非洲的时候应该种地；

这时节航海的人应该挂起舵桨去睡觉，

奥瑞斯忒斯[1]也该准备毛衣，免得打劫时着了凉。

然后鹞鹰出现，报告春天的来临，

这是剪羊毛的季节；然后燕子来了，

叫人卖掉毛衣，穿件薄些的衣服。

我们又是你们的阿蒙、得尔斐、多多那、福波斯·阿波罗，

因为你们不管做什么都先找鸟卜上一卦，

不论做买卖、置家具，还是吃喜酒。

一切可以作为兆头的东西人类都称作鸟，

不平常的信息对于你们就是鸟，打个喷嚏

是鸟，遇到奴隶、看见驴子都是鸟，鸟，鸟。

还不明白吗？鸟对于你们，就是发布预言的阿波罗。

歌队长

（快调）

所以，如果你们以我们为神，

我们将向你们唱预言，

你们就知道春夏秋冬。

我们不像宙斯那样，

高高在上，盛气凌人。

不，我们将永远待在这里，

把财富、健康、幸福赐给

你们、你们的孩子和孩子的孩子。

我们将把幸运、快乐与和平，

把青春、快乐和歌舞带来这里。

---

1. 当时的一个盗匪。

甚至不惜把鸟奶给你们吃。
你们将享受到无限多的
前所未见的幸福，感到满足，
满足得不得了。

歌队

（短歌首节）

林中的缪斯啊！
迪奥，迪奥，迪奥廷克斯。
我们飞过来飞过去，
同你在山岩山脊之间，
迪奥，迪奥，迪奥廷克斯，
我们藏身于树的密叶之间，
迪奥，迪奥，迪奥廷克斯，
火黄的嘴里流出如簧之歌，
我们向潘神唱颂歌，
还赞颂神圣的山神山母，
陀陀陀陀陀陀陀陀廷克斯，
有如普律尼科司[1]，有如蜜蜂采蜜，
我们采集仙乐天籁，
作出自己甜蜜的歌词，
迪奥，迪奥，迪奥廷克斯。

歌队长

（后言首段）

诸位观众，你们中如果有谁想和我们

[1] 雅典悲剧奠基人之一，生活在公元前510年至公元前470年间。

鸟类一起过无拘无束的生活，就让他来吧。
你们这儿被认为是犯法的可耻的事
在我们那里却被公认为是许可的好事。
譬如，照你们的法律，打父亲是不行的，
在我们那儿，如果一只雄鸟突然奔向父亲，
啄他一下，叫一声"来，还我一下"是无所谓的。
又如，你们给逃亡的奴隶烙印，追捕他们，
他可以到我们那里来做梅花雀；
如果斯平特罗斯[1]因为是弗律基亚人，权利
受到限制，在我们那儿他可以被称作弗律基亚鸟。
在你们这里埃克塞克斯提得斯是个奴隶，
到我们那儿生下小鸟就可以取得雅典国籍。
如果佩西阿斯的儿子[2]要给敌人打开城门，
就让他变成一只鹧鸪，有其父必有其子，
在我们那里像鹧鸪那样投敌是不禁止的。

歌队

（短歌次节）
一群天鹅就这么叫着，
迪奥，迪奥，迪奥廷克斯！
轻轻拍打着翅膀，
同声唱着歌颂，歌颂阿波罗，
迪奥，迪奥，迪奥廷克斯！
成排地坐在赫布罗斯河边，
迪奥，迪奥，迪奥廷克斯！
叫声直达云霄，
鸟兽震怒，畏缩巢穴，

---

1. 非希腊籍，被讥嘲为野蛮人。
2. 一个叛徒。

晴空静寂，海波不兴。
陀陀陀陀陀陀陀陀廷克斯！
奥林波斯高山发出回响，
众神惊讶，
美惠女神唱起歌来，
缪斯拨动琴弦，
迪奥，迪奥，迪奥廷克斯！

歌队长

（后言次段）

没有比生而有翅膀更好更幸福的事了。
观众们，如果你们长翅膀能飞起来，
谁还饿着肚皮听悲剧歌队演唱呀？
你们可以飞回家去吃午饭
吃饱了再赶回来看我们演出。
如果你们里边有个帕特罗克斯勒得斯[1]要屙屎，
他也不用屙在大衣里，可以飞出去，
屙完了屎放完了屁再回来看戏。
要是你们中有个小滑头跟个娘儿们相好，
一眼看见她的丈夫坐在剧场中聚精会神，
他便立刻飞到那个娘们身边去，干完了
那事再鼓鼓翅膀飞回来依旧坐着。
因此长翅膀能飞岂不是最妙的事？
就说狄伊特瑞菲斯[2]吧，他只不过有个草编的翅膀，
就已经被选为骑兵队长，又升为骑兵司令了，
这么个无名小卒成为大人物，变成个黄头大马鸡[3]了。

1. 是个雅典官员，有坏习惯，曾当众出丑。
2. 雅典政治家和将军，是个编篮子的出身。草篮子的"把手"和"翅膀"拼法相同。
3. 一种神话中的动物。

第三场

（佩斯特泰罗斯、欧埃尔庇得斯带翅膀上）

佩斯特泰罗斯
好，就这样吧；宙斯作证，我还
从来没见过更可笑的东西。

欧埃尔庇得斯
你笑什么？

佩斯特泰罗斯

笑你的翅膀。

你知道你像个什么?

像个蹩脚画匠画的鹅。

欧埃尔庇得斯

你像个拔光了毛的八哥。

佩斯特泰罗斯

只怪我们俩,如埃斯库罗斯所说,

"不是用别的,而是用羽毛装饰。"[1]

歌队长

现在我们该做什么?

佩斯特泰罗斯

先给这个城邦

取一个有气派又响亮的名字,

然后祭神。

欧埃尔庇得斯

我也有这个意思。

歌队长

好吧,那我们给城邦取个什么名字?

1. 埃斯库罗斯的佚作《米尔弥多涅人》中语。

佩斯特泰罗斯

我们就把它叫作拉克得蒙的斯巴达,
叫这个有气派的名字,你看怎么样?

欧埃尔庇得斯

赫拉克勒斯作证,
我们的城邦叫斯巴达这个名字
不合适,拿它作床绷子[1]我也不干。

佩斯特泰罗斯

那我们叫它个什么名字呢?

歌队长

就在这山里,从云里,从大气里,取个
响亮的名字。

佩斯特泰罗斯

就叫个"云中鹁鸪国"[2]怎么样?

歌队长

妙!妙!
你真是找到了一个极妙的名字。

欧埃尔庇得斯

这不就是特阿格涅斯和埃斯克涅斯[3]的
全部金银财宝所在的那个

1. "床绷子"与"斯巴达"在希腊文里同音。
2. 此为杨宪益妙译,今袭之。
3. 两个善于吹牛的人。

云中鹁鸪国吗?

佩斯特泰罗斯
更重要的,这就是
众神吹牛打败巨人族的
那个弗勒革拉之原。

欧埃尔庇得斯
啊,这真是个泱泱大国[1]呀!可是谁来做
它的守护神呢,我们给哪个神绣袍呢[2]?

佩斯特泰罗斯
我们的雅典娜怎么样?

欧埃尔庇得斯
这哪儿像个规规矩矩的国家?
一个娘们全副武装穿上盔甲
克勒斯特涅斯[3]反倒拿着针线?

佩斯特泰罗斯
谁来守卫城上的古墙呢?

歌队长
我们有个波斯种的鸟,
他到处被称作最可怕的
战神小鸡。

1. 与城邦制的小国家相比。
2. 每四年一次,雅典人在雅典娜大祭里给女神献一件绣花袍。
3. 一个有女人气的男人。

欧埃尔庇得斯

小公鸡殿下！

他将作为守护神站在石头上。

佩斯特泰罗斯

你现在飞上天空去

帮助他们建造城墙吧。

给他们运石子，和黏土，

提着泥浆桶爬梯子，

站岗，看火，

巡逻打更，睡觉；

再派两个信使，一个上天去见神，

一个下地到人间，然后让他们俩

到我这儿来。

欧埃尔庇得斯

你呢，就待在这里哼着偷懒吧。

佩斯特泰罗斯

好朋友，我叫你去

你就去办吧！这些事没你不行。

（欧埃尔庇得斯下）

我得给新的神们献祭，

叫祭司来举行仪式。

喂，仆人，把食篮和水盆拿来。

歌队

（首节）

我赞成，我同意，

我们要向不朽的

众神唱赞歌，

表示谢意。

为博得他们的恩典，

我们献上羔羊作礼物。

去呀，去呀，给皮提亚的神唱歌！

让卡里斯[1]来吹笛子伴奏！（首节完）

佩斯特泰罗斯

别嚷嚷了！赫拉克勒斯在上，这是什么？

宙斯作证，我见过各种怪事，

但还没见过乌鸦吹笛子。

（祭司上）

喂，祭司，让我们开始给新的神献祭吧。

祭司

马上开始，但拿篮子的在哪里？

（一童仆拿篮子上，祭司接过篮子开始祷告）

啊，保护鸟的灶神啊，

保护灶的鹞鹰啊，

让我们向在奥林波斯的

公的鸟和母的鸟祈祷吧！……

1. 是个蹩脚的笛子演奏者，他常常不受邀请便出来演奏。

佩斯特泰罗斯

苏尼昂的神的海鸥啊，乐吧！

祭司

皮托和得洛斯的天鹅啊，

鹌鹑母亲勒托啊，

鹤鹬姑娘阿尔忒弥斯[1]啊！……

佩斯特泰罗斯

不再叫科莱尼斯[2]而叫鹤鹬的女神啊！

祭司

萨巴兹奥斯梅花雀啊，

众神和凡人的母亲

大鸵鸟啊！……

佩斯特泰罗斯

女王库柏勒，克勒奥克里托斯[3]的母亲，大鸵鸟啊！

祭司

赐云中鹁鸪国人

健康安宁吧，

"克奥斯人同此"[4]吧！……

佩斯特泰罗斯

离了克奥斯是不行的。

1. 狩猎与生育女神。奥林波斯十二神之一。
2. 阿尔忒弥斯的别名。
3. 是个容貌丑陋的人，故说他是大鸵鸟生的。
4. 克奥斯人是雅典人的忠实盟友，雅典人所订一切条约协定上都带上这句话。

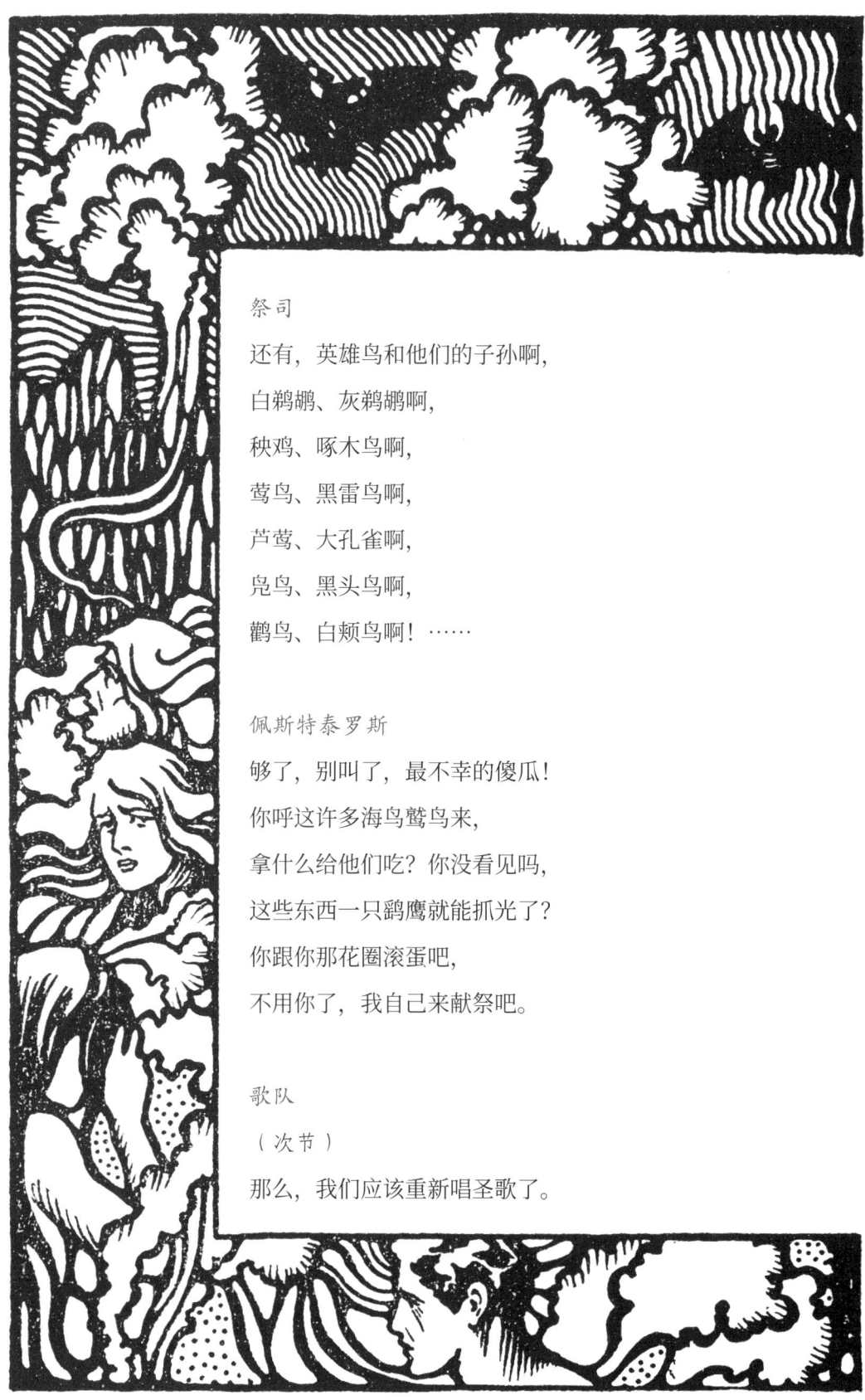

祭司

还有，英雄鸟和他们的子孙啊，

白鹈鹕、灰鹈鹕啊，

秧鸡、啄木鸟啊，

莺鸟、黑雷鸟啊，

芦莺、大孔雀啊，

凫鸟、黑头鸟啊，

鹳鸟、白颊鸟啊！……

佩斯特泰罗斯

够了，别叫了，最不幸的傻瓜！

你呼这许多海鸟鹜鸟来，

拿什么给他们吃？你没看见吗，

这些东西一只鹞鹰就能抓光了？

你跟你那花圈滚蛋吧，

不用你了，我自己来献祭吧。

歌队

（次节）

那么，我们应该重新唱圣歌了。

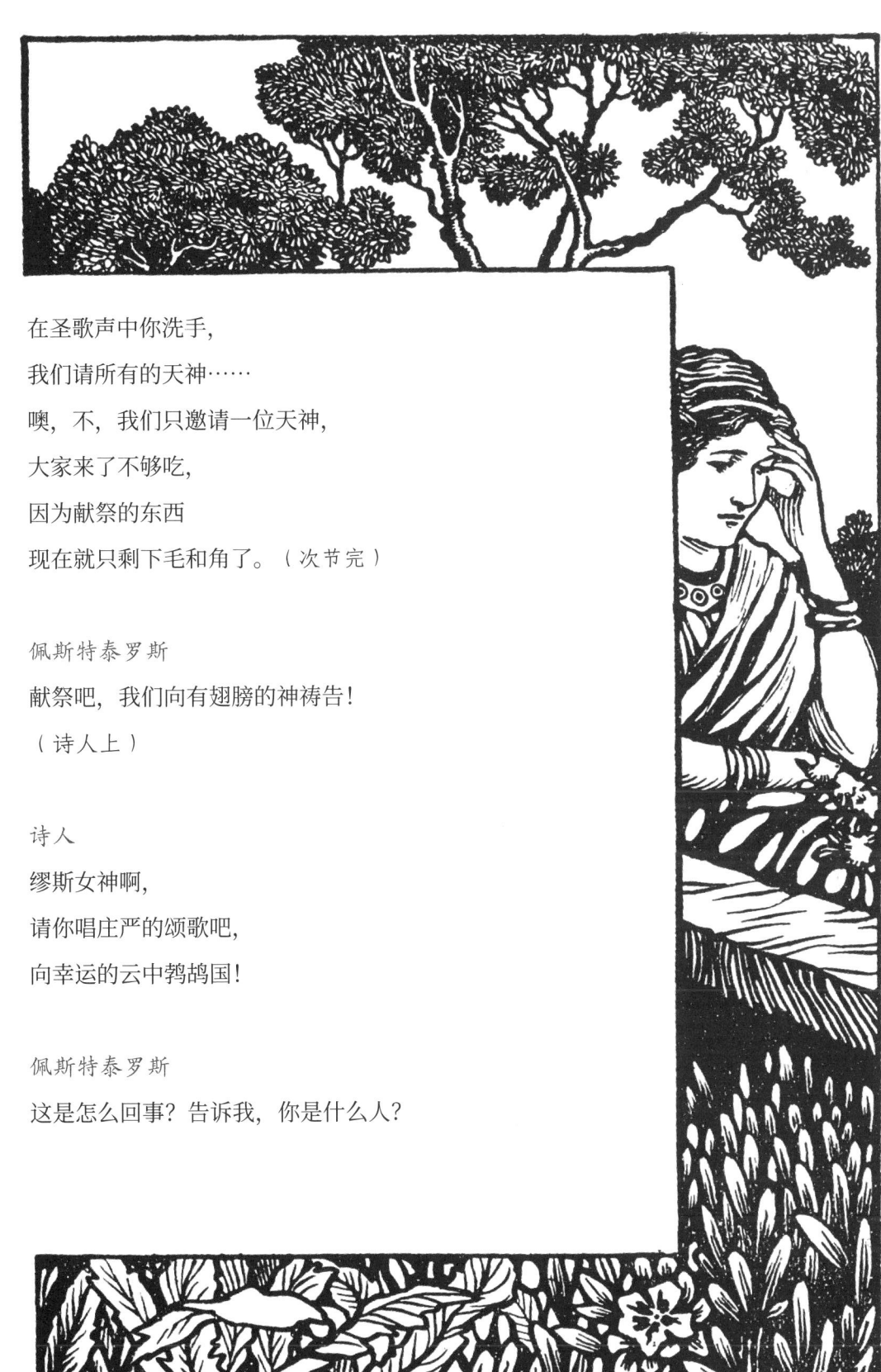

在圣歌声中你洗手,
我们请所有的天神……
噢,不,我们只邀请一位天神,
大家来了不够吃,
因为献祭的东西
现在就只剩下毛和角了。(次节完)

佩斯特泰罗斯
献祭吧,我们向有翅膀的神祷告!
(诗人上)

诗人
缪斯女神啊,
请你唱庄严的颂歌吧,
向幸运的云中鹁鸪国!

佩斯特泰罗斯
这是怎么回事?告诉我,你是什么人?

诗人
用荷马的话来说,
我是甜美歌词的作者,
是缪斯热心的仆人。

佩斯特泰罗斯
噢,是个奴隶,那怎么又留着长发?

诗人
我不是奴隶;我们教唱歌的人
全都是缪斯女神的仆人,
照荷马的说法。

佩斯特泰罗斯
我要说你的外套破烂不堪,
诗人啊,什么鬼差你到这里来的?

诗人
我曾经写过不少赞美云中鹁鸪国的歌,
什么祝酒歌呀,淑女歌呀,圆舞曲呀,
还有许多西蒙尼得斯[1]体的歌曲。

佩斯特泰罗斯
你什么时候写的?有多少时间了?

1. 古希腊抒情诗人。

诗人

许多年许多年以前我就歌唱这个城邦了。

佩斯特泰罗斯

可是我不是刚在庆祝它的诞生，
像给孩子一样，刚在给它取名字吗？

诗人

缪斯飞快的消息
超过快足的驷马。
你，与圣火同名的
埃特纳国的建立者，
我的国父啊，
你心里想给我什么
就赐给我吧！[1]

佩斯特泰罗斯

如果我们不给他点东西
打发他走，他会把我们缠死的。
（向祭司）
喂，你有件外套和一件衬衫，
把外套脱下来给这位聪明的诗人吧。
（向诗人）
这外套你拿去，我看你快冻僵了。

---

1. 这几行引自古希腊抒情诗人品达的诗篇。

诗人

女神乐意收下

这微不足道的礼物。

现在请你用心听听

品达的诗篇……

佩斯特泰罗斯

这家伙还不想离开我们。

诗人

在斯基泰人的住地

游荡着斯特拉同[1]；

穷人没有毛织的内衣，

不穿衬衫只穿件外套不体面。

你明白我的意思吗？

佩斯特泰罗斯

我明白，你还想要这件衬衫。

（向祭司）

脱下来吧；我们应该帮助诗人。

（向诗人）

拿了走吧！

诗人

我这就走，

我将写出这样的诗歌来赞颂这国家：

[1] 一个有女人气的男子。

黄金宝座的城市啊，

严寒呀，战栗呀，

我来到这雪盖的田野，

我来到这丰收的平原。

万岁！

（诗人下）

佩斯特泰罗斯

宙斯作证，你一拿到外套

和衬衫就摆脱这严寒了。

宙斯作证，这我怎么也想不通，

他怎么一下子就嗅到这里来了。

（向祭司）

你重新端着水盆绕着祭坛走吧。

肃静！肃静！

（预言家上）

预言家

别动那头羊。

佩斯特泰罗斯

你是什么人？

预言家

什么人？预言家。

佩斯特泰罗斯

滚！

预言家

怪人，不要轻视了神圣的天机；
在巴克斯[1]的预言书中说得很清楚，
关于云中鹁鸪国。

佩斯特泰罗斯

那么，你为什么
不在我建立这个城邦国家之前就来预言呢？

预言家

天意不许。

佩斯特泰罗斯

好吧，我同意听听你的预言。

预言家

"当狼和灰色的乌鸦居住在同一
科任托斯和西库昂之间的地方时……"

佩斯特泰罗斯

科任托斯跟我们有什么关系？

1. 古波奥提亚的预言家。

预言家

巴克斯诗里暗示空中地方。

"首先,向潘多拉献上一只白毛的羊,

其次,要给第一个来解释此预言者

一件新的大衣和一双新的鞋子。"

佩斯特泰罗斯

还要鞋子?

预言家

不信看预言书。

"还要给他一只杯子,还要给他满满一捧烤肉。"

佩斯特泰罗斯

书里还说要烤肉?

预言家

不信看预言书。

"神宠的年轻人啊,你要是照我的话去做,

你将变成天上的鹰,要是拒绝给礼物,

你不但变不了鹰,连鸽子和啄木鸟也变不了。"

佩斯特泰罗斯

有这种事?

预言家

不信看预言书。

佩斯特泰罗斯

你的预言跟我的怎么这么不一样?
我的预言是直接从阿波罗那儿抄来的:
"如果有骗子不请自来
扰乱仪式,想吃祭肉,
应当给他一顿好打。"

预言家

你这是信口胡诌。

佩斯特泰罗斯

不信看预言书。
"不要饶了他,即使他是云中的飞鹰,
即使他是兰朋本人,甚或伟大的狄奥佩特斯[1]。"

预言家

有这等事?

佩斯特泰罗斯

不信看预言书。
还不滚?打死你!

1. 著名的预言家。

预言家

哎呀，救命呀！

（逃下）

佩斯特泰罗斯

请到别处去讲你的预言吧！

（墨同[1]上）

墨同

我到你们这里来……

佩斯特泰罗斯

又来了一个祸害。

你为什么而来？你的企图是什么？

你到这里来抱着什么目的？

墨同

我来丈量大气，给你们划分土地。

佩斯特泰罗斯

众神在上，你到底是谁？

墨同

我是谁？墨同，

在希腊和科洛诺斯[2]闻名的。

1. 墨同是个以丈量土地为职业的几何学者。
2. 科洛诺斯是雅典的一地名，有波塞冬庙和复仇女神庙，是悲剧家索福克勒斯的家乡。

佩斯特泰罗斯
请问你，这些又是什么东西？

墨同
量气的尺。
大气的形状很像一口焖锅。
我把一把弯曲的尺子
按在这里，再用圆规
测出距离。你明白吗？

佩斯特泰罗斯
我不明白。

墨同
然后也用尺子我画出
直线，使圆变成正方。
这里中间做市场，许多
直路通向市场，有如星体
是圆的，光线从星体
笔直地射出。

佩斯特泰罗斯
这家伙真是个泰勒斯[1]！
墨同啊……

---

[1] 古希腊著名的哲人。

墨同

什么事?

佩斯特泰罗斯

你知道我爱你,

听我说,偷偷地溜了吧。

墨同

为什么?出了什么事?

佩斯特泰罗斯

就像在斯巴达,这里的人也排外,闹事打人的事时有发生。

墨同

怎么?这里有叛乱吗?

佩斯特泰罗斯

宙斯作证,那倒不是。

墨同

那么为什么?

佩斯特泰罗斯

好像他们一致作出决定,要打所有的骗子。

墨同

我或许还是走的好。

佩斯特泰罗斯

宙斯作证,我担心
你已经迟了,拳头这就到了。

墨同

哎呀,救命呀!
(逃下)

佩斯特泰罗斯

我不是早就说过吗?
不是叫你走到别处去测量吗?
(视察员上)

视察员

外侨代表在哪里?

佩斯特泰罗斯

这个萨丹那派洛斯[1]是谁?

视察员

我是被选派到云中鹁鸪国来的视察员。

---

[1] 亚述国王,以衣着华丽闻名。

佩斯特泰罗斯

视察员？谁派你来的？

视察员

特勒阿斯[1]推荐的。

佩斯特泰罗斯

你愿不愿意光拿钱

不干事就回去？

视察员

愿意。

我得留在城里开会，

还得给法那克斯[2]办点急事。

佩斯特泰罗斯

那你就拿了钱走吧！这是给你的薪俸！

（打视察员）

视察员

这是什么？

佩斯特泰罗斯

法那克斯的急事。

1. 一个游手好闲的人。
2. 法那克斯是波斯总督，当时的一位要人。替他办事表明说话人自己的重要。

视察员

（向观众）

他打视察员啦！你们作证。

佩斯特泰罗斯

你还不走？还不拿起投票箱滚蛋？

（视察员逃下）

真是怪事！我们还没敬完神，

他们就派视察员来了。

（卖法律者上）

卖法律者

"如有云中鹁鸪国人

损害雅典人——"

佩斯特泰罗斯

这是什么坏书？

卖法律者

是法律，我来你们这儿出卖新的法律。

佩斯特泰罗斯

什么法律？

卖法律者

"云中鹁鸪国人应采用

艾牙国人所用之度量衡及货币。"

佩斯特泰罗斯
你就要喊"哎呀"了。
（打卖法律者）

卖法律者
你干什么打我？

佩斯特泰罗斯
你还不带着你的法律滚？
我就要让你看到厉害的法律了。
（卖法律者逃下，视察员复上）

视察员
我控告佩斯特泰罗斯伤害人身罪，
传呼他于四月到庭。

佩斯特泰罗斯
这是真的？你还在这里？
（卖法律者复上）

卖法律者
"如有人驱赶政府官员，
不按法律规定接纳他——"

佩斯特泰罗斯

哎呀,他妈的,你也还在这里?

视察员

我要处死你,并罚你一万德拉克马[1]。

佩斯特泰罗斯

我要砸了你的投票箱。

卖法律者

不要忘了,你那天晚上在石碑下撒尿。

佩斯特泰罗斯

哎呀,谁去捉住他!
(视察员、卖法律者下)
你怎么走了?
(向祭司及仆人们)
不,我们还是进屋去吧,别耽搁!
还是进去给神供羊吧!
(佩斯特泰罗斯、祭司及仆人下)

[1] 古希腊和现代希腊的货币单位。1特兰同合6000德拉克马,1德拉克马合6奥波尔。

第二插曲

歌队

（短歌首节）

所有的凡人从今以后

都将向我们，看见一切

统治一切的鸟类祷告献祭。

我们守望一切土地

保护鲜花果实

杀死一切种类的害虫。

它们以贪馋的嘴

咬掉地上的花苞

吃掉树上的果实。
我们消灭这些咬死
并玷污香花的害虫。
一切咬吃花果的害虫
都在我们的翅膀下毁灭。

歌队长

（后言首段）

今天城里特别出了这么一个布告：
"你们中如有谁能杀死墨利亚人狄阿戈拉斯[1]，
可得赏金一特兰同，如有人杀死
某一已死的僭主[2]，也可得赏金一特兰同。"
现在我们也想出这么一个布告：
"你们中如有谁杀了捉雀人菲洛克拉特斯，
可得赏金一特兰同，如活捉，可得四特兰同，
因为他曾把燕雀用绳串起出卖，一奥波尔七只，
把鹌鹑做成标本供人观看
把羽毛插进乌鸦嘴里凌辱他们，
这恶棍还捉了鸽子把他们可怜地关在笼子里，
用他们引诱轻信的同类进他布下的罗网。"
我们的布告即如上述。如果有人把鸟儿
关在笼子里，让他赶快把他们放出飞走！
如果你们不听命令，那么鸟也要捉你们，
捆了你们的手脚，拿出去做诱饵。

[1] 狄阿戈拉斯是一个无神论哲学家，因主张废除偶像已被驱逐出境。杀死他已无必要。
[2] 雅典久已没有僭主，杀死僭主也已无必要。

歌队

（短歌次节）

我们鸟类是幸福的，

冬天不需要厚重的

毛衣穿了保暖。

夏天不怕太阳

光线的酷热。

在暑热难当的中午，

虫儿在草丛中鸣叫的时刻，

我们藏身在鲜花盛开的

草地和阴凉的树叶丛中。

冬天我们居住岩洞，

和山中神女们游戏。

春天美惠女神的园子里

有常春藤才开的白花

供我们啄食。

歌队长

（后言次段）

现在我们要对评判员们谈谈关于这次比赛的事，

如果你们评了我们优胜，我们将给你们大家好处，

你们得到的好处将比阿勒珊德罗斯[1]还要多得多。

首先，所有的评判员最喜爱的是

劳里昂的银币上闪闪发光的猫头鹰。

我答应你们：这些猫头鹰会在家里

在钱袋里筑巢生蛋，孵化出小猫头鹰[2]。

1. 即特洛伊王子帕里斯。他因评美得到美女海伦以及她的大量财宝。
2. 指钱币，利息或利润。

此外，你们住的家将像神庙一样，

我们将在你们家的山墙上安上鹰的楣饰。

如果你想得到一个肥缺抓到大把的钱，

我们将给你们一只飞得很快的小鹞鹰。

如果你们想吃饭，我们将给你们谷物。

可是，如果不评我们得奖，

就做个铜盘，戴在头上，像个雕像。不然的话，

你们一穿上洁白的衣裳出来，

我们所有的鸟就要来拉屎报仇。

第四场

（佩斯特泰罗斯上）

佩斯特泰罗斯

我们的祭仪进行得很顺利。

但是，怎么到现在还没有人从筑城

工地来报信，那里的事情怎么样了？

瞧，那儿跑来了一个像运动员一样喘着气的人。

（报信者甲上）

报信者甲

在哪里，在哪里，在哪里，在哪里？

我们的老爷佩斯特泰罗斯在哪里？

佩斯特泰罗斯

我在这里。

报信者甲

你的城墙筑好了。

佩斯特泰罗斯

好消息。

报信者甲

真是一个十分漂亮十分宏伟的工程呀

城墙宽厚，上面，吹牛大王普罗克塞尼得斯

和特阿格涅斯并排驾着马车，

车子由特洛伊木马那么大的马拖着，

也能走得开。

佩斯特泰罗斯

好大呀，天啊！

报信者甲

高度我也量过，足有

六百尺。

佩斯特泰罗斯
好高呀,天啊!是谁建造的呢?

报信者甲
都是鸟干的,没有别人,没有
埃及的砖匠、石匠、木匠,
全是鸟类自己建造的,真叫我惊奇。
从非洲飞来三万只大鹤,
嗉囊里装满了打地基用的碎石,
鹬鸟用嘴把它们铺平,
另有一万只鹳造砖头,
田凫和各种别的水鸟
把水抬到空中。

佩斯特泰罗斯
谁抬泥呢?

报信者甲
苍鹭带着沙斗。

佩斯特泰罗斯
他们是怎么往里边装泥的?

报信者甲
噢,他们在这里想出最聪明的办法:
鹅用脚作铲子,

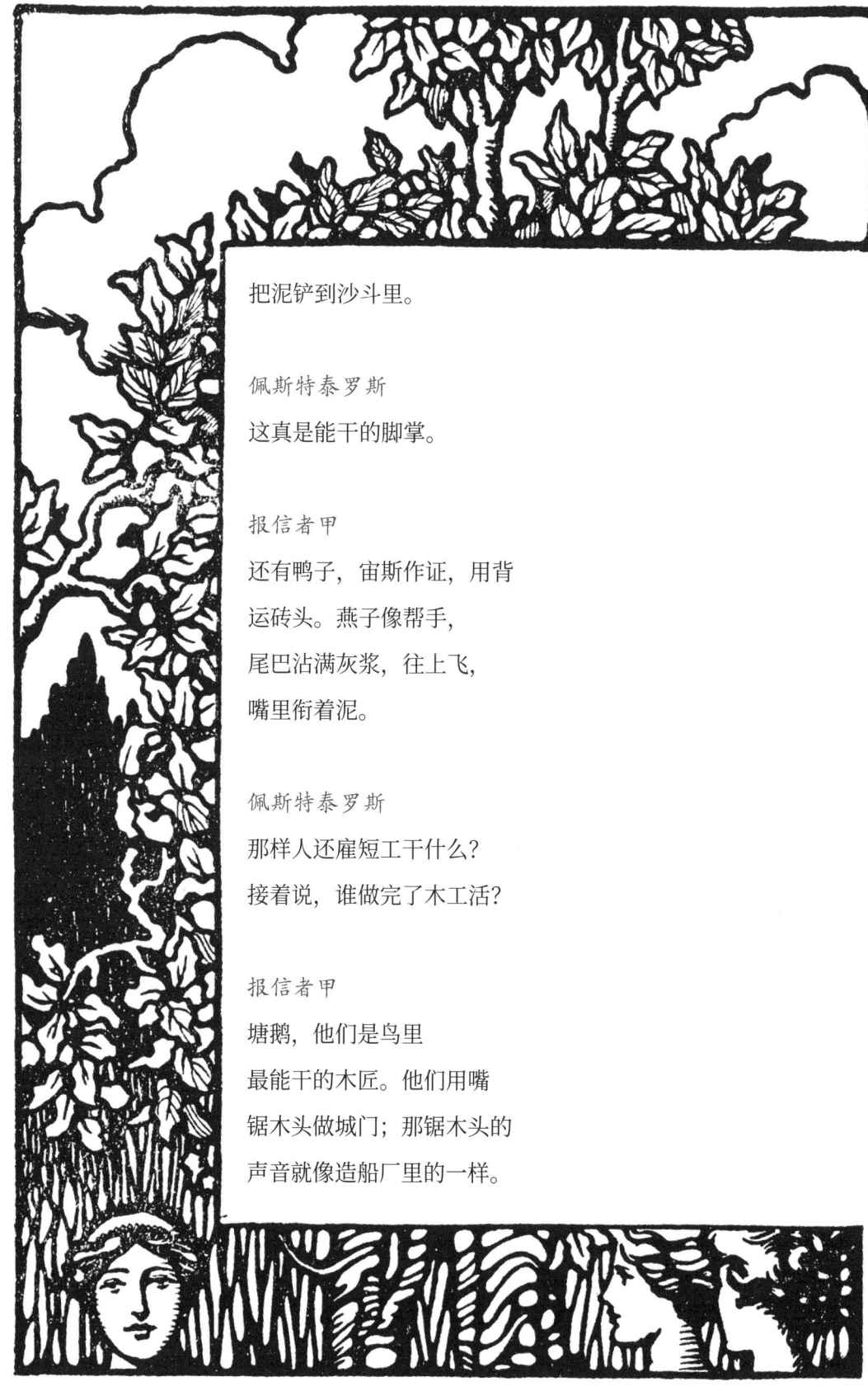

把泥铲到沙斗里。

佩斯特泰罗斯
这真是能干的脚掌。

报信者甲
还有鸭子,宙斯作证,用背
运砖头。燕子像帮手,
尾巴沾满灰浆,往上飞,
嘴里衔着泥。

佩斯特泰罗斯
那样人还雇短工干什么?
接着说,谁做完了木工活?

报信者甲
塘鹅,他们是鸟里
最能干的木匠。他们用嘴
锯木头做城门;那锯木头的
声音就像造船厂里的一样。

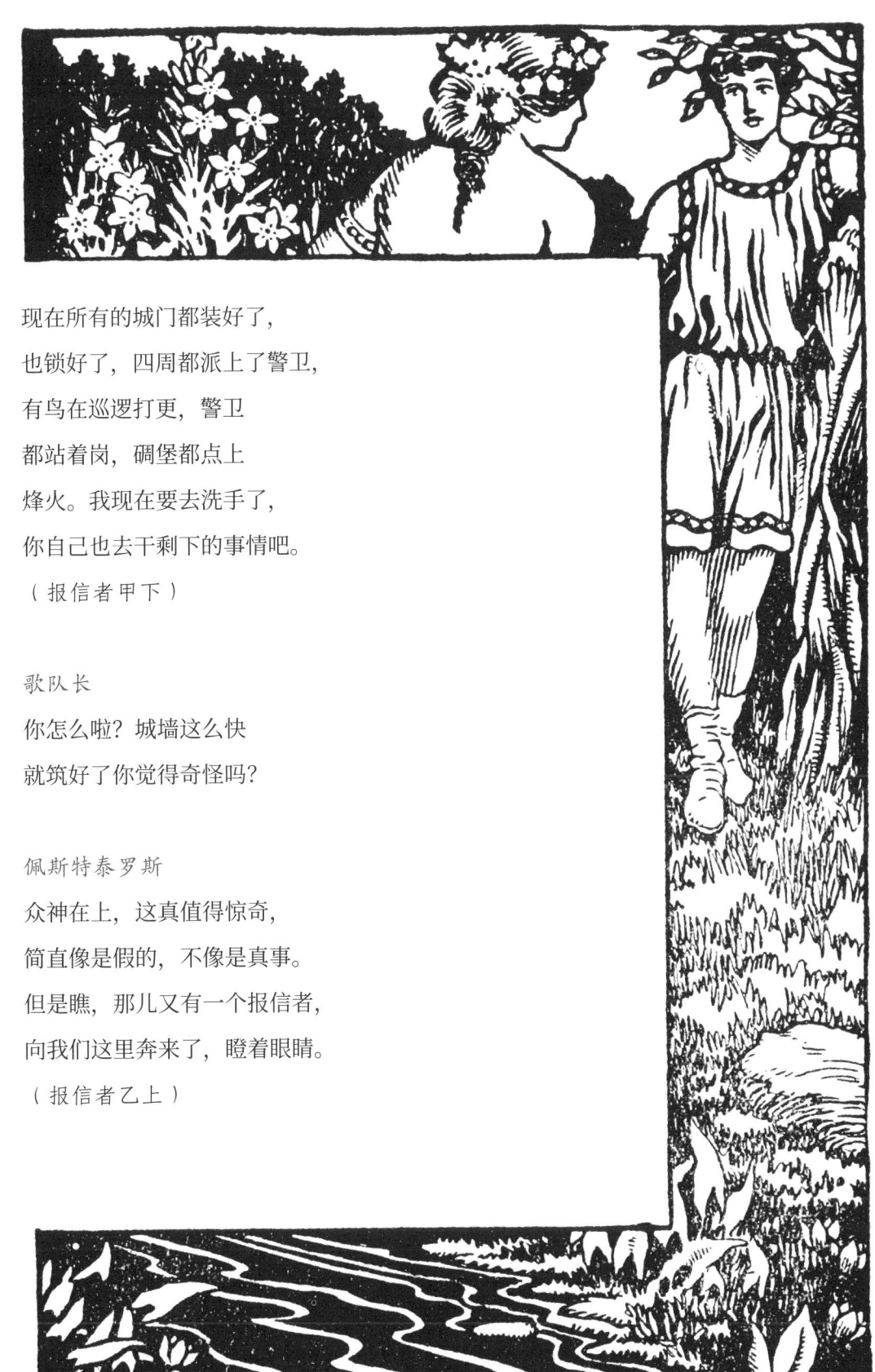

现在所有的城门都装好了,
也锁好了,四周都派上了警卫,
有鸟在巡逻打更,警卫
都站着岗,碉堡都点上
烽火。我现在要去洗手了,
你自己也去干剩下的事情吧。

(报信者甲下)

歌队长

你怎么啦?城墙这么快
就筑好了你觉得奇怪吗?

佩斯特泰罗斯

众神在上,这真值得惊奇,
简直像是假的,不像是真事。
但是瞧,那儿又有一个报信者,
向我们这里奔来了,瞪着眼睛。

(报信者乙上)

报信者乙

哎呀,不好了,哎呀,不好了!

佩斯特泰罗斯

什么事?

报信者乙

不得了啦!
从宙斯那儿刚才来了一个神,
趁着担任警戒的乌鸦不注意
通过城门口飞进大气里来了。

佩斯特泰罗斯

啊,一件可怕的可耻事件。
是个什么神?

报信者乙

我们不知道;只知道
是个带翅膀的。

佩斯特泰罗斯

你们还不应该赶快
派守城的卫兵去追吗?

报信者乙

我们已经调了三万鹰骑兵,

个个爪牙锐利，处于战备状态。
还有兀鹰、鸷鹰、角鸥、皂雕、海青雕，
他们鼓翼飞翔的声音，
震动大气，正在追赶。
我想这个神不可能走远，
就在这附近。
（报信者乙下）

佩斯特泰罗斯
拿起弓，拿起
掷石器！喂，侍从们，过来，
射箭呀，掷石块呀，快！
也给我拿个掷石器来！

歌队
（首节）
战争爆发了！众神对我们，
不宣而战了。所有的鸟都来保卫
黑暗所生的云雾漫漫的大气呀！
别让任何一个神偷偷地过来了。
战士们，注意地看着四面八方，
因为，众神翅膀的响声已经
愈来愈响愈来愈听得清了。（首节完）
（女神伊里斯上）

佩斯特泰罗斯

你你你你往哪里飞？别动，

别响，别动，给我好好站住！

你是谁？从哪儿来的？快说！

伊里斯

我是从奥林波斯众神那里来的。

佩斯特泰罗斯

你叫什么名字？是只船还是个帽子[1]？

伊里斯

我是飞快的伊里斯。

佩斯特泰罗斯

帕拉洛斯号还是萨拉弥尼亚号[2]？

伊里斯

这是怎么回事？

佩斯特泰罗斯

鹰骑兵，还不飞过去把她抓起来？

伊里斯

把我抓起来？真是可恶！

---

1. 女神张开的两翼像船桨或船帆，穿的花衣像形形色色的帽子。
2. 都是雅典宗教和国务用的快船，在伯罗奔尼撒战争中出名的。

佩斯特泰罗斯

你还要大哭呢!

伊里斯

简直是新闻!

佩斯特泰罗斯

坏东西,你是从哪个门进城的?

伊里斯

宙斯在上,我也不知道是从哪个门。

佩斯特泰罗斯

听这荡妇!看她多会装傻!
你买通了哪个乌鸦队长?你不说?
你的护照上盖过章吗?

伊里斯

什么?

佩斯特泰罗斯

没盖过章?

伊里斯

你脑子有病吗?

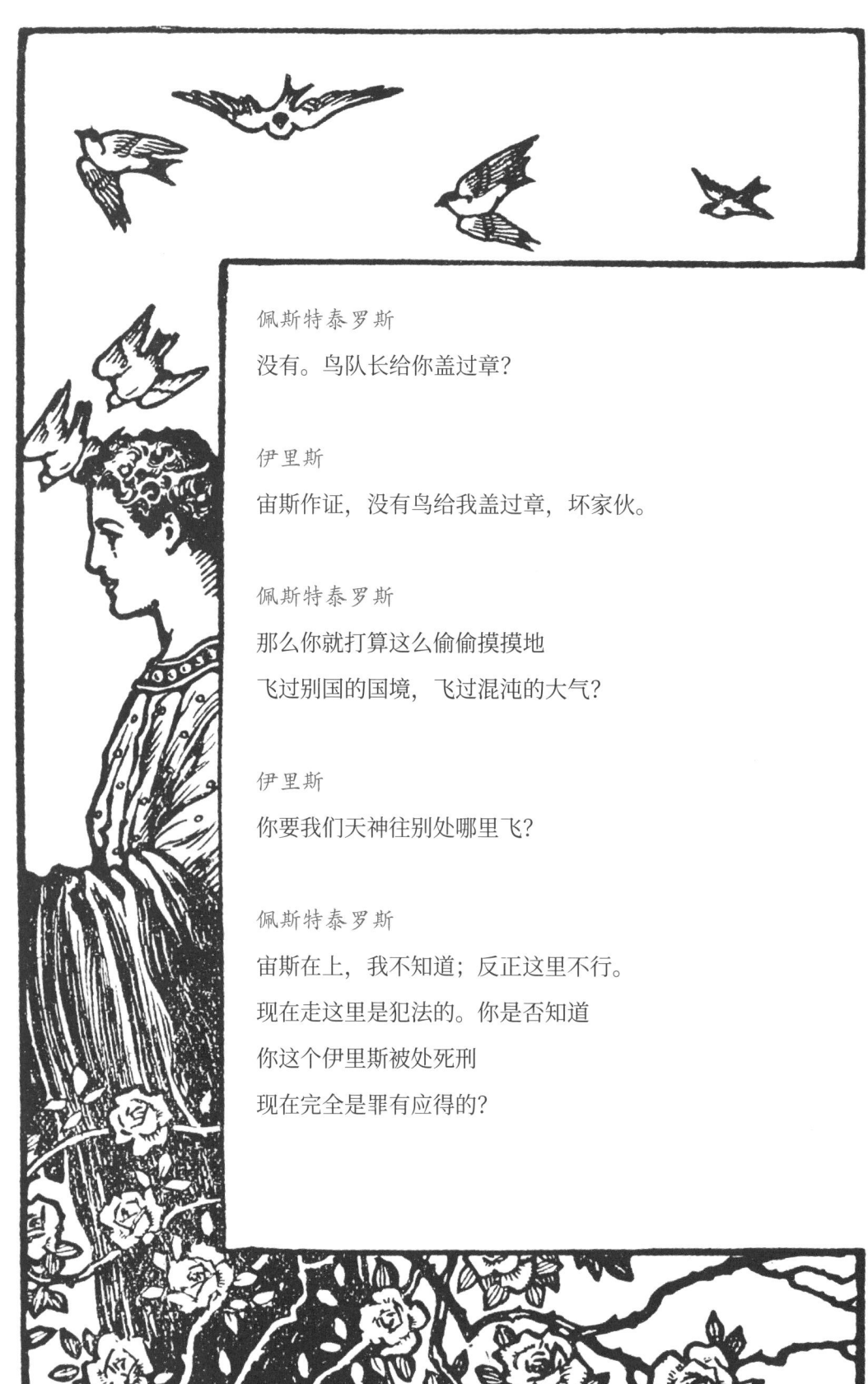

佩斯特泰罗斯

没有。鸟队长给你盖过章?

伊里斯

宙斯作证,没有鸟给我盖过章,坏家伙。

佩斯特泰罗斯

那么你就打算这么偷偷摸摸地
飞过别国的国境,飞过混沌的大气?

伊里斯

你要我们天神往别处哪里飞?

佩斯特泰罗斯

宙斯在上,我不知道;反正这里不行。
现在走这里是犯法的。你是否知道
你这个伊里斯被处死刑
现在完全是罪有应得的?

伊里斯

可我是不死的。

佩斯特泰罗斯

不死的也得死。
如果别的东西都归我们管,
你们天神反倒到处乱跑,
也不懂得必须服从领导,
我觉得,这是闻所未闻的。
告诉我,你打算往哪里飞?

伊里斯

我?从宙斯那儿来,到人类那儿去,
叫他们宰牛杀羊,向奥林波斯的
众神献祭,使烤肉的香气
上达天庭。

佩斯特泰罗斯

你说什么?什么神?

伊里斯

什么神？我们天上的神呀。

佩斯特泰罗斯

你们是神？

伊里斯

别的还有什么神？

佩斯特泰罗斯

现在鸟是人类的神了。

人类要向鸟献祭，不祭宙斯了。

伊里斯

笨蛋，笨蛋，当心众神动了

大怒，到那时正义女神用宙斯的

闪电叫你们一下子就绝种，

还有利库尼亚的霹雳烟火[1]

把你们连人带房子烧光。

佩斯特泰罗斯

听我说，别废话了。

站住，这样的话只能吓唬

吕底亚人或弗律基亚人。

你要知道，宙斯如果再跟我搞乱

我就要叫带火的鹞鹰烧光

[1] 据说"利库尼亚"是欧里庇得斯一悲剧的篇名，剧中有霹雳下击一景。

他的宫殿，像阿姆菲昂[1]的家。
我还将派六百多名
穿上豹皮的鹤到天上去
对付他，从前一个巨人
帕菲里昂就给了他不少麻烦[2]。
至于你，他的一个侍女，
如果继续对我无礼，
我也将对你无礼，那时你将惊奇地
发现像我这样一个老头儿的力量[3]。

伊里斯
坏蛋，出言无耻。

佩斯特泰罗斯
你还不滚？还不快点？
（驱鸟）
去！去！

伊里斯
我爸爸将制止你这种无礼行为。

佩斯特泰罗斯
哎呀，讨厌。你还不到
别处勾搭比我年轻的人去！
（伊里斯下）

---

[1] 阿姆菲昂是尼奥贝的丈夫。埃斯库罗斯的悲剧《尼奥贝》即写他们的故事。
[2] 指天神和巨人之战的神话。
[3] 这两行有猥亵的意思。

歌队

（次节）

我们禁止宙斯家族的诸神
再经过我们的城邦，
也不许人类献祭牺牲的
香味再上升到他们那里。（次节完）

佩斯特泰罗斯

如果我们派到人间去的传令官
不回到这里来，事情就麻烦了。
（传令官上）

传令官

最幸福的，最智慧的，最光荣的，
最智慧的，最深奥的，特幸福的
佩斯特泰罗斯啊，请吩咐吧！

佩斯特泰罗斯

什么意思？

传令官

所有的人都敬佩你的智慧，
请接受给你加上金冕。

佩斯特泰罗斯

我接受，可他们为了什么这么尊敬我？

传令官

啊，最光荣的大气城邦的建立者，

你不知道人类是怎样地

尊敬你并热切地向往这里。

因为，在你建立这个城邦之前，

人们都犯着斯巴达人的毛病：

蓄长发，饿肚子，不洗脸，学苏格拉底，

手拿拐棒[1]；可如今他们都变了，

犯起了鸟病：他们都模仿着

鸟的一切行为，并以此为乐，

早晨一起床大家就跟你们

一样，飞到"发绿"[2]的牧场去，

然后就钻到"草岸"[3]里去，

再咀嚼那些"葛榛桃李"[4]。

他们的鸟病是如此厉害，

甚至以鸟为名。

一个跛脚的商人取名

鹧鸪，门尼波斯被叫作燕子，

奥普提奥斯[5]被叫作瞎眼乌鸦，[6]

菲洛克利斯——云雀，特阿格涅斯——冠鸭，

吕库尔戈斯——紫鹤，凯瑞丰——蝙蝠，

绪拉科西奥斯——樫鸟，还有，那里的

墨狄阿斯被叫作鹌鹑，因为他像

一只被人用手指把头弹晕了的鹌鹑。

所有的人因为爱鸟都以歌代言，

他们是如此之爱鸟，

---

1. 讥笑当时的一些哲学家。
2. "发绿"与"法律"谐音。
3. "草岸"与"草案"谐音。
4. "葛榛桃李"与"章程条例"谐音。
5. 另见第21页。他只有一只眼睛。
6. 以下几句是指雅典的一些政治人物。

甚至在他们的歌里

总有鸽子、燕子、天鹅、鸭子，

或者翅膀，至少也有羽毛。

那里情况就是这样。我再告诉你

一件事：就要有一万多人到这里来了，

他们都想要一副翅膀和鸟的生活方式；

所以，你得给这些来客准备翅膀了。

佩斯特泰罗斯

那么，宙斯作证，不能再耽搁了。

（向奴隶们）

快到屋里去，把所有的篮子

和柳条箱子都装满羽毛。

你，曼涅斯[1]，把它们给我拿到这里来，

我呢，就在这里接待来客。

（传令官下）

歌队

（首节）

不久就要有人称我国

为人口众多的国家了。

佩斯特泰罗斯

只要继续交好运。

---

[1]. 一个奴隶的名字。

歌队

全世界都爱我们的国家。

佩斯特泰罗斯

快把翅膀拿来。

歌队

凡人所需要的一切

我国应有尽有：

智慧、热情、非凡的优雅、

温顺的平静、

愉快的笑容。（首节完）

佩斯特泰罗斯

（向曼涅斯）

你怎么这样懒洋洋的，还不赶快？

歌队

（次节）

叫他快把装好翅膀的

篮子拿来，

你去揍他一顿。

他简直慢得像头驴子。

佩斯特泰罗斯

曼涅斯真是个不中用的东西。

歌队

先把翅膀
一类类分开放好,
唱歌鸟的,占卜鸟的,还有
海鸟的。然后好给来客
安上合适的翅膀。(次节完)

佩斯特泰罗斯

我以红隼的名义发誓,非揍你一顿不可,
看你这么没用,这么慢吞吞的。
(逆子上)

逆子

我愿变成一只空中的鹰,
在不结果实的蓝色
海波上飞行。

佩斯特泰罗斯

报信的说得不错,
真有一个歌颂老鹰的人来了。

逆子

啊,没有比飞更开心的事了,
我真爱上了鸟类的法律。
我成了爱鸟狂,我想飞,
想和你们住在一起,追求你们的法律。

佩斯特泰罗斯
你要哪条法律？鸟类的法律很多。

逆子
所有的法律；最好的一条就是
可以咬我的爸爸，掐他的脖子。

佩斯特泰罗斯
是的，宙斯作证，小公鸡啄他爸爸，
在我们这里被认为是勇敢的表现。

逆子
正因如此我来到这里，
热望掐死爸爸，得到他的一切。

佩斯特泰罗斯
可是我们鸟类还有一条
古老的法律刻在石柱子上：
亲鸟喂大了小鸟，
教会了他们飞行之后，
小鸟有义务赡养父亲。

逆子
如果我还必须养活我的父亲，那么，
宙斯作证，我来这里就不合算了。

佩斯特泰罗斯

等一等，亲爱的，既然你好意投奔了鸟类，

我将给你一副翅膀，像对没有了父母的小鸟一样。

孩子啊，我马上教你一个不坏的主意，

它还是我自己儿时学来的，

别打父亲，你插上这翅膀，

手里拿起这距刺当作刀枪，

把鸡冠当作带鬃饰的头盔，

你去吃当兵的饭吧，或远征或戍边，

让你爸爸活着。既然好斗，

你就飞往色雷斯，到那里打仗去吧。[1]

逆子

酒神作证，我觉得这主意不错，

我听你的。

佩斯特泰罗斯

宙斯作证，你会上路子的。

（逆子下，酒神颂作家克涅西阿斯上）

克涅西阿斯

（唱）

拍着轻轻的翅膀我飞上奥林波斯的

神殿；飞过一个又一个的音程。

1. 这时雅典人正在镇压色雷斯人的起义。

佩斯特泰罗斯

这家伙得要一大堆的翅膀。

克涅西阿斯

（唱）

我以无畏的身心追寻新鲜的事物。

佩斯特泰罗斯

我们拥抱轻盈的克涅西阿斯。
喂，你为什么一步一歪地走过来？

克涅西阿斯

（唱）

我愿变成鸟儿
口吐佳音的夜莺。

佩斯特泰罗斯

别唱了，你用白话对我说吧。

克涅西阿斯

我要你给我一副翅膀，让我好
飞上去，从云中取得新意，
取得回风赶雪的诗情。

佩斯特泰罗斯

人能从云中取得诗情？

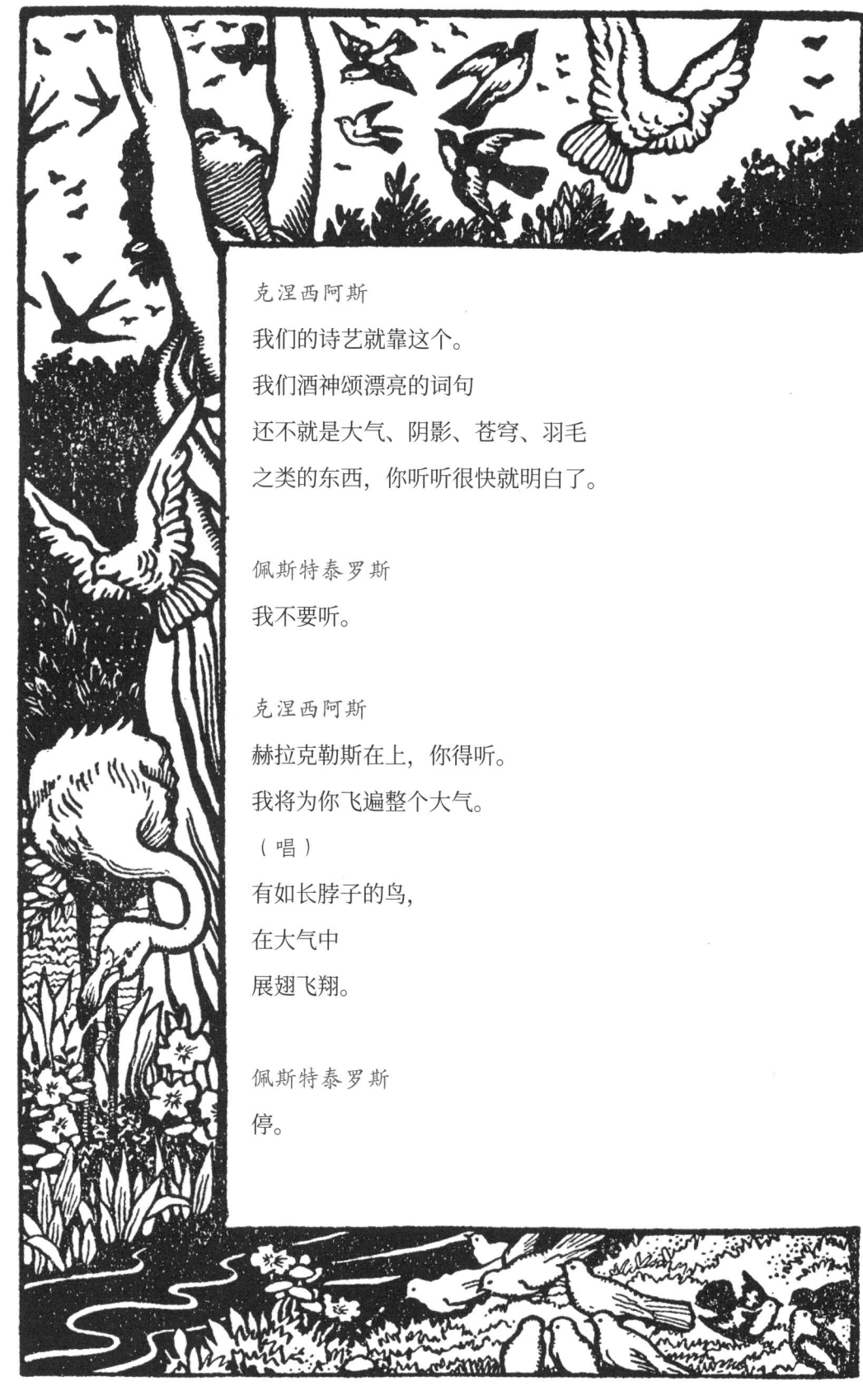

克涅西阿斯

我们的诗艺就靠这个。
我们酒神颂漂亮的词句
还不就是大气、阴影、苍穹、羽毛
之类的东西,你听听很快就明白了。

佩斯特泰罗斯

我不要听。

克涅西阿斯

赫拉克勒斯在上,你得听。
我将为你飞遍整个大气。
(唱)
有如长脖子的鸟,
在大气中
展翅飞翔。

佩斯特泰罗斯

停。

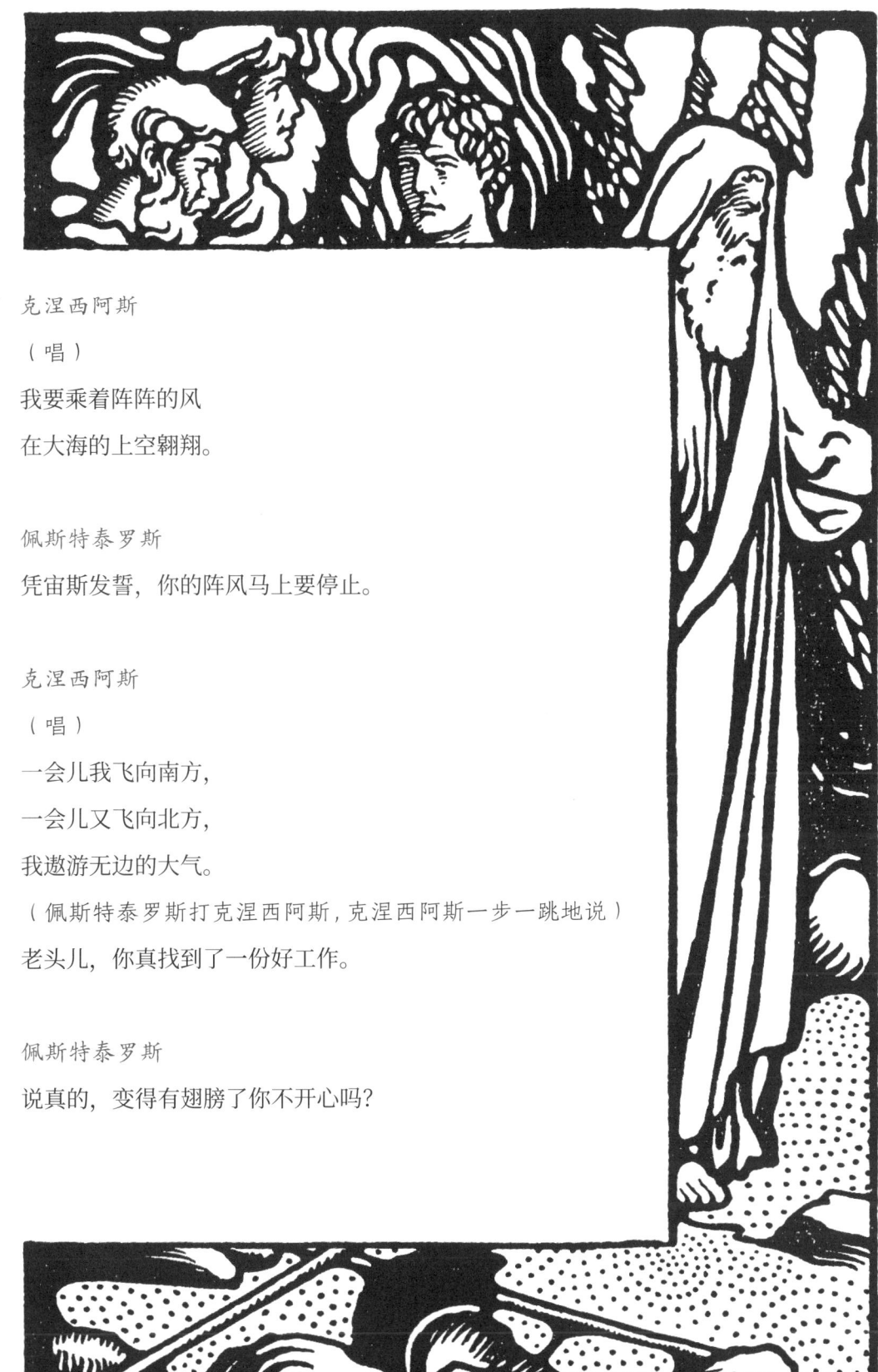

克涅西阿斯

（唱）

我要乘着阵阵的风

在大海的上空翱翔。

佩斯特泰罗斯

凭宙斯发誓，你的阵风马上要停止。

克涅西阿斯

（唱）

一会儿我飞向南方，

一会儿又飞向北方，

我遨游无边的大气。

（佩斯特泰罗斯打克涅西阿斯，克涅西阿斯一步一跳地说）

老头儿，你真找到了一份好工作。

佩斯特泰罗斯

说真的，变得有翅膀了你不开心吗？

克涅西阿斯

你就这么对待任何种族

都争着要的歌舞大师吗?

佩斯特泰罗斯

你想不想留在我们这里,

为勒奥特罗菲得斯[1]教秧鸡种的

飞鸟歌队?

克涅西阿斯

看得出,你是在笑我。

但我告诉你,我不会平静,

在我拍着翅膀遍游大气之前。

(克涅西阿斯下,讼师上)

讼师

长翅膀的燕子啊,

那五颜六色的鸟是什么鸟呀?

佩斯特泰罗斯

这灾难真还不轻呢:

又一个唱歌的朝我们这里走来了。

讼师

长翅膀的燕子啊,我在问你呢。

[1]. 当时的一个轻浮无聊的诗人。

佩斯特泰罗斯
他唱歌我看是因为他的外套破了,
他穿着它冷,在等待燕子和春天。

讼师
那个给来客装翅膀的人在哪里?

佩斯特泰罗斯
在你眼前,要什么?你说吧!

讼师
我要翅膀,要翅膀,说得很明白了。

佩斯特泰罗斯
你是要飞到珀勒涅[1]去吗?

讼师
不,我是一个海岛上传案者,
一个讼师。

佩斯特泰罗斯
噢,一个好行业!

讼师
我也办理起诉,因此我要
一副翅膀,好飞到各邦去传案。

[1] 那里举行竞技,给优胜者的奖品是毛衣。

佩斯特泰罗斯

是为有了翅膀传案容易些?

讼师

不,是为了不被海盗害苦了,

也是为了和大鹤一起飞回去,

在嗉囊装满讼案压舱[1]之后。

佩斯特泰罗斯

你就干这一行?我是说,

你年纪轻轻的就靠告发外邦人谋生?

讼师

不然我干什么呢?我又不会掘地。

佩斯特泰罗斯

还有别的正当的行业

你可以赖以过活呀,

不一定要靠告密嘛。

讼师

算了,别教训了,还是给我装上翅膀吧。

佩斯特泰罗斯

我现在就在用言语给你装翅膀呀。

---

1. 传说大鹤飞渡地中海,必先吞下石块压舱,以抵御风暴。

讼师
用言语你怎么叫人能飞呢？

佩斯特泰罗斯
人都是被言语鼓动起来飞的。

讼师
都是？

佩斯特泰罗斯
你没听见过那些做父亲的坐在理发店里
这样说起他们的儿子吗？一个说：
"我的儿子被狄伊特瑞菲斯的话
鼓得连做梦都想去赛车了。"
另一个说自己的儿子
被鼓动得一心只想去看悲剧。

讼师
那么你是说人被言语装上了翅膀？

佩斯特泰罗斯
是这意思。
心被言语鼓动得高飞起来，
就是人装上了翅膀。我也
这样想用好话鼓动你，教你去
找个正当的职业。

讼师

可是我不想。

佩斯特泰罗斯

那你打算怎么样?

讼师

我不能辱没我的祖先。
告密是我祖祖辈辈的营生。
还是给我一副鹰隼一样
又快又轻的翅膀吧,让我好
在雅典告了外邦人之后很快飞回到岛上。

佩斯特泰罗斯

我明白你的意思了;你是要在岛上的被告
到达雅典之前,他就被判有罪了。

讼师

正是。

佩斯特泰罗斯

他航海才到这里,你就飞回去
没收他的财产了。

讼师

正是这样。

我应当就像陀螺似的转。

佩斯特泰罗斯
我明白。
像陀螺，宙斯在上，我这里正有
一副很好的科尔库拉[1]的翅膀。

讼师
哎呀，你拿的是条鞭子。
（佩斯特泰罗斯鞭打讼师）

佩斯特泰罗斯
这就是翅膀，
它让你转得像陀螺一样。

讼师
哎呀，救命！

佩斯特泰罗斯
你还不飞，可恶的东西？
还不离开这里，滚远点，极恶的东西？
马上你就要看到搬弄是非的下场了。
（讼师下。向奴仆）
我们收拾起这些翅膀来走吧。
（佩斯特泰罗斯下）

1. 科尔库拉是著名出产鞭子的地方。

合唱歌

歌队

(首节)

我们飞行去过许多
地方，见过不少
稀奇古怪的物事。
有一棵大树，树身
中空，名字叫作
克勒奥倪摩斯。
此树没有一点用处，
树身虽大，内心腐朽，

春天虽也
开花结果,
冬季落叶
掉下盔甲。
（次节）
还有一个地方
周围一片深沉黑暗,
没有阳光没有灯光。
这里整天凡人可以
同天神一起吃喝,
可是一到夜里,
和强盗相遇
不无危险。
如果在黑暗中
遇上奥瑞斯特斯[1],
会被毒打一顿,
并被剥光衣裳。

---

[1] 这是一个强盗的名字。

第五场

(普罗米修斯[1]蒙着脸上)

普罗米修斯
哎呀,可别让宙斯看见了我这不幸的神,
佩斯特泰罗斯在哪里?
(佩斯特泰罗斯上)

佩斯特泰罗斯
这里这是什么?
那蒙着脸的是谁?

[1] 第二代提坦十二神之一。因帮人类取得火种而触怒宙斯。

普罗米修斯

你看见有什么神
跟在我后面吗?

佩斯特泰罗斯

不,宙斯作证,我没看见。
可你是谁呀?

普罗米修斯

现在是什么时刻了?

佩斯特泰罗斯

什么时刻?正午刚过一点儿。
你到底是谁?

普罗米修斯

暮色来临还是更迟的时刻了?

佩斯特泰罗斯

哎呀,你真啰嗦。

普罗米修斯

此刻宙斯在干什么?
他是在放云还是在收云?

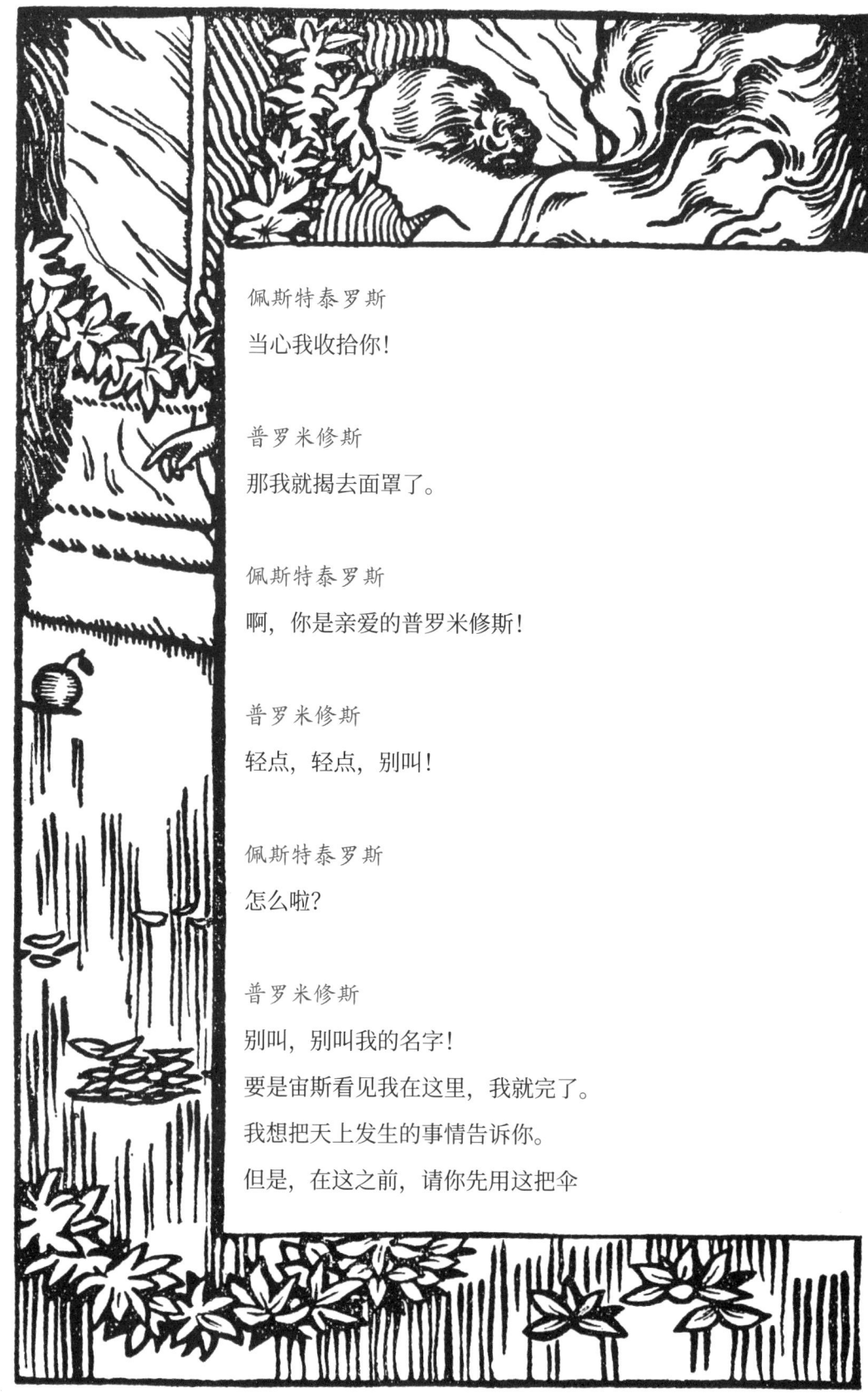

佩斯特泰罗斯
当心我收拾你!

普罗米修斯
那我就揭去面罩了。

佩斯特泰罗斯
啊,你是亲爱的普罗米修斯!

普罗米修斯
轻点,轻点,别叫!

佩斯特泰罗斯
怎么啦?

普罗米修斯
别叫,别叫我的名字!
要是宙斯看见我在这里,我就完了。
我想把天上发生的事情告诉你。
但是,在这之前,请你先用这把伞

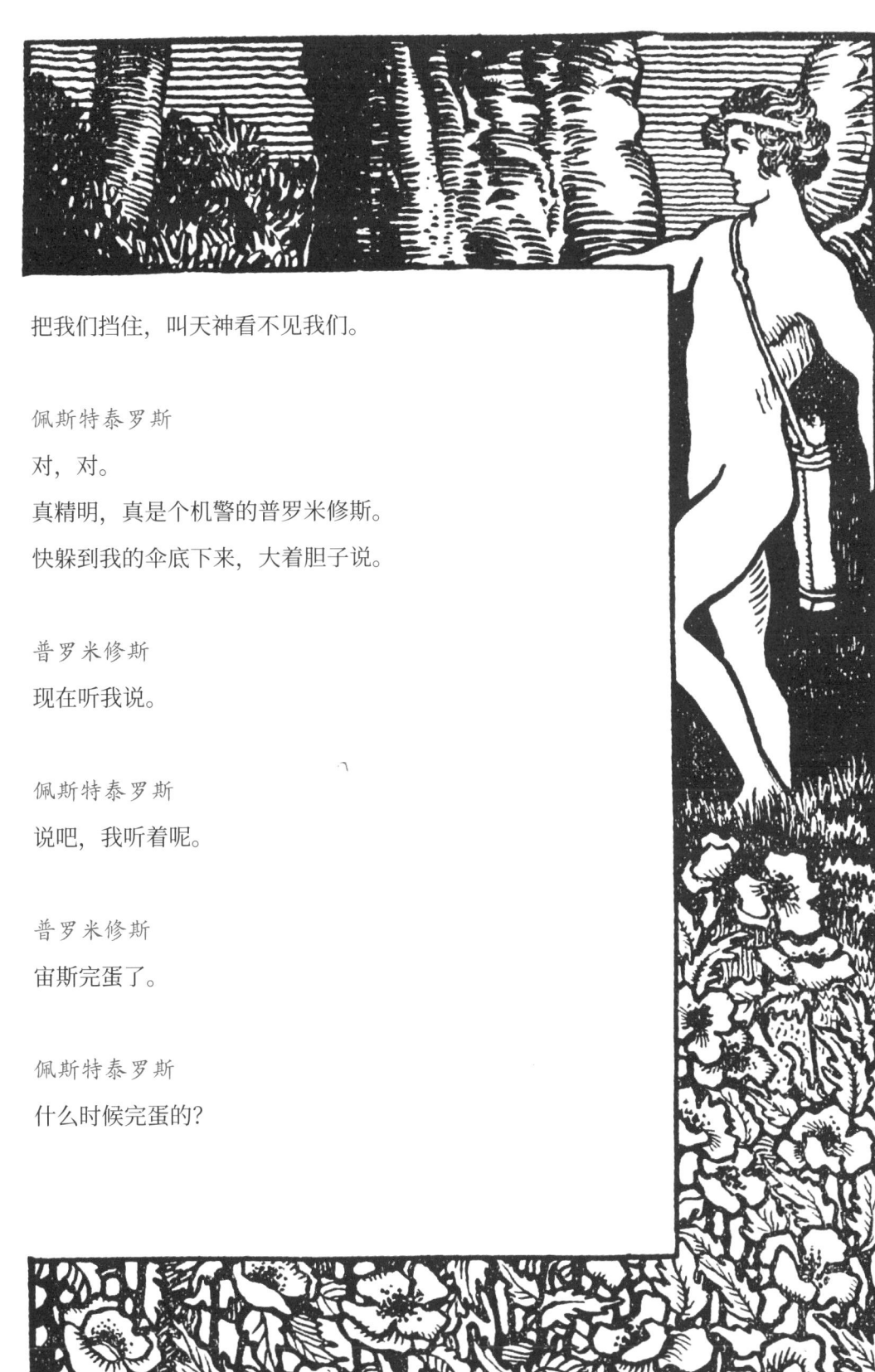

把我们挡住，叫天神看不见我们。

佩斯特泰罗斯
对，对。
真精明，真是个机警的普罗米修斯。
快躲到我的伞底下来，大着胆子说。

普罗米修斯
现在听我说。

佩斯特泰罗斯
说吧，我听着呢。

普罗米修斯
宙斯完蛋了。

佩斯特泰罗斯
什么时候完蛋的？

普罗米修斯

你们建立了空中国家之后。
打那之后就再没人给众神祭献
任何东西了，再没有烤肉的香味
从祭坛上升到我们神住的天上了，
我们就像过地母节守斋似的
没有祭肉；而那些蛮族的神
饿急了，像伊吕里亚人似的
哇哇直叫，威胁说，要向
宙斯开战，要求他立刻
开辟商埠，好进口内脏。

佩斯特泰罗斯

除了你们，还有蛮族的神？

普罗米修斯

要是没有蛮族的神，
埃克塞克斯提得斯祖宗的神哪儿来的？

佩斯特泰罗斯

这些蛮族之神有一个什么名字？

普罗米修斯

什么名字？特里拜洛斯。

佩斯特泰罗斯

我明白了。

特里拜洛斯——这是淫秽的东西。

普罗米修斯

很对。我再告诉你一个消息：

从宙斯和特里拜洛斯那儿来的

使节就要到这里来进行谈判了。

可是，你们别讲和，除非

宙斯答应把王杖还给鸟类，

还同意把巴西勒亚[1]嫁给你。

佩斯特泰罗斯

巴西勒亚是谁？

普罗米修斯

一个挺漂亮的姑娘。

她主管宙斯的霹雳

和其他的一切：明智、

公正、谦逊、造船厂，

辱骂、损税、陪审津贴。

佩斯特泰罗斯

那么，一切都归她管？

1. 巴西勒亚这名字是"王权"的拟人化。

普罗米修斯

我已经说过了。

把她从宙斯身边弄过来,你就一切到手了。

我来这里就是为了告诉你这些。

须知,我是一向对人类怀着善意的。

佩斯特泰罗斯

我们有烤肉吃都是你神的功劳。[1]

普罗米修斯

你也知道,我厌恶所有的神。

佩斯特泰罗斯

是的,你是一直厌恶神的。

普罗米修斯

我是个不折不扣的提蒙。[2] 但是我该回去了;

拿把伞给我;这样,即使宙斯在天上看见了,

也会以为我是祭神游行队伍中的一个女郎。

佩斯特泰罗斯

你也拿把椅子,装个搬运女工。

(普罗米修斯下)

---

1. 普罗米修斯盗取天火给人类,人类才得到熟食。
2. 普罗米修斯以提蒙自比:提蒙自己是雅典人,但厌恶雅典人。

歌队

（首节）

伞脚人[1]的国家里

有一不知名的水塘，

肮脏的苏格拉底

坐在那里招魂。

还有佩珊德罗斯

跳过来要见亡魂。

他用剃刀割断了

年轻骆驼的喉管，

他是英雄奥德修斯。

他开始等待。吸血鬼

来了，扑向骆驼的血，

这吸血鬼便是凯瑞丰。[2]

（波塞冬、特里拜洛斯神及赫拉克勒斯上）

波塞冬

使节们，我们已经到了这城市，

云中鹁鸪国高耸在我们面前了。

（向特里拜洛斯）

你干什么还把外套披在左肩上[3]

不照规矩把外套翻到右边来？

你这倒霉鬼，真是个天生的莱伊波狄阿斯[4]。

如果众神把丑八怪选入使团，

民主政治啊，你要把我们引向何处？

1. 一种传说中的人，脚掌特大，可用以遮阳。
2. 这里在丑化苏格拉底和两位政客佩珊德罗斯及凯瑞丰。
3. 这是蛮族人的习惯。
4. 一位雅典将军，腿长得很难看，他故意把衣服穿歪以遮其丑。

特里拜洛斯

别动我!

波塞冬

你去死吧!我还从来
没有见过像你这样粗野的神。
赫拉克勒斯啊,我们该做什么呢?

赫拉克勒斯

我对你
说过,我要掐死那个人。
他是个什么东西,敢封锁我们神?

波塞冬

好伙伴,我们是来讲和的使团。

赫拉克勒斯

我更加想要掐死他。

佩斯特泰罗斯

(向仆人)
把刀递给我!把酱拿来!
把奶油给我!把火弄旺点!

波塞冬

我们三位神向你一个凡人致敬。

佩斯特泰罗斯

我忙着抹酱呢。

赫拉克勒斯

这是什么的肉?

佩斯特泰罗斯

是一些因反对民主鸟党被判死刑的鸟。

赫拉克勒斯

那就先给它们抹上酱!

佩斯特泰罗斯

啊,你好,赫拉克勒斯。
有什么事?

波塞冬

我们是使节,
众神派我们来讲和的。

仆人

瓶里没有油了。

赫拉克勒斯

是的,鸟肉要油。

波塞冬

打仗对我们不利,
如果你们对我们众神友好,
你们的水池里就会总有雨水,
而且每天都会是无风天气。
我们有全权承诺这一切。

佩斯特泰罗斯

可是我们直到现在从没对你们
发动战争,加之现在,如果现在
你们准备接受公平合理的条件,
我们也愿意和平了结。公平的条件
是这样:宙斯立即把王杖
归还我们鸟类;如果你们同意,
我就请你们使节团进屋赴宴。

赫拉克勒斯

这建议我满意赞成……

波塞冬

什么,倒霉鬼?你真是个傻子
饭桶,你想让你的父亲退位?

佩斯特泰罗斯

什么话?如果鸟类统治下界,
你们众神不是变得更加强大?

如今人类躲在云层下面
立伪誓，呼神名作证；
如果有鸟类作你们的战友，
当他们再以乌鸦和宙斯的名义
立伪誓时，乌鸦就会悄悄
飞过去啄瞎他们的眼睛。

波塞冬
波塞冬作证，这话说得对。

赫拉克勒斯
我也认为对。

佩斯特泰罗斯
（向特里拜洛斯）
你说怎样？

特里拜洛斯
三个统统的。

佩斯特泰罗斯
你看见吗？他也赞同了。现在你听，
我们还将给你们什么别的好处。
如果有人许了愿要给神
祭献，事后又吝啬翻悔说
"神会等待的"，就不了了之了，

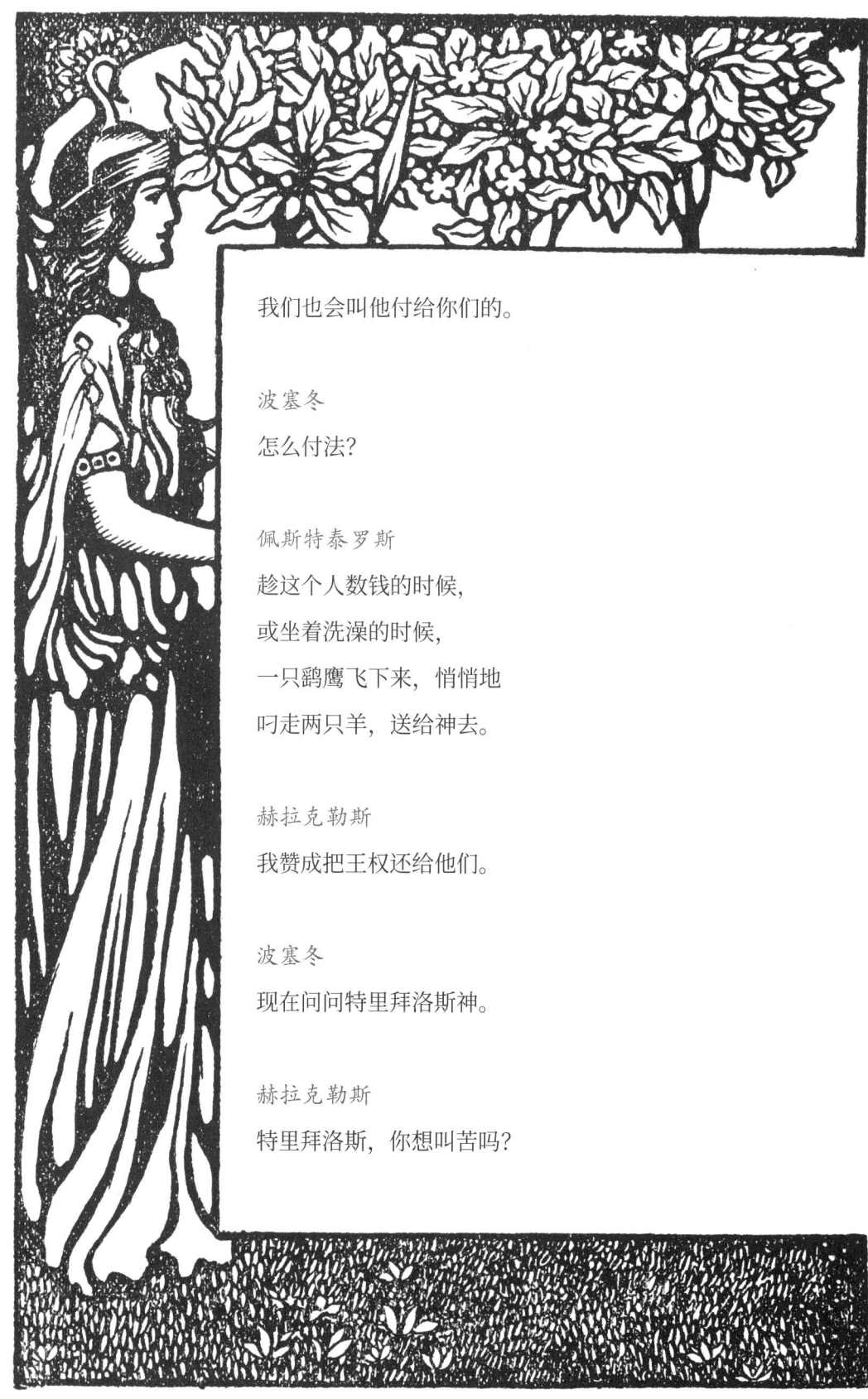

我们也会叫他付给你们的。

波塞冬

怎么付法?

佩斯特泰罗斯

趁这个人数钱的时候,
或坐着洗澡的时候,
一只鹞鹰飞下来,悄悄地
叼走两只羊,送给神去。

赫拉克勒斯

我赞成把王权还给他们。

波塞冬

现在问问特里拜洛斯神。

赫拉克勒斯

特里拜洛斯,你想叫苦吗?

特里拜洛斯
你得挨棍打。

赫拉克勒斯
他说完全同意我的。

波塞冬
既然你们都这么想,我也同意。

赫拉克勒斯
喂,我们接受你们关于王杖的条款。

佩斯特泰罗斯
宙斯作证,还有一条我差点忘了。
我把赫拉留给宙斯,但是
他得把巴西勒亚这姑娘给我
做老婆。

波塞冬
这简直不像谈判。

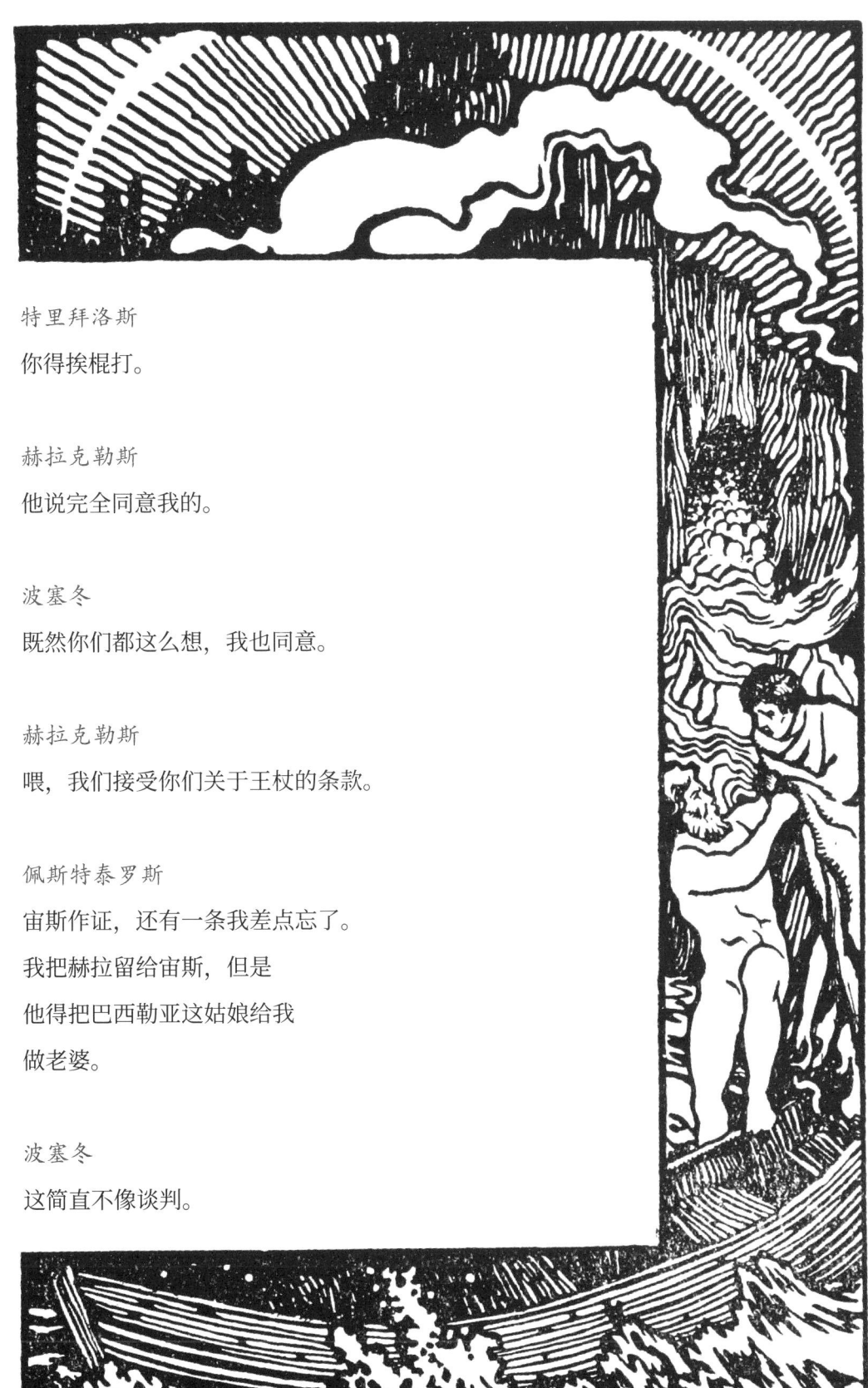

我们还是回去吧。

佩斯特泰罗斯
随你的便。
喂，厨子，把卤子作甜点。

赫拉克勒斯
你这怪人，波塞冬，往哪儿去？
为了一个丫头片子我们吵架值得吗？

波塞冬
那我们怎么办呢？

赫拉克勒斯
怎么办？表示同意。

波塞冬
笨蛋，你看不出来吗？他在骗你。
你自己害了自己。如果宙斯
把王权交给了鸟类，他一死，
你就成了穷光蛋。须知，宙斯死后
他留下的财产本来都会成为你的。

佩斯特泰罗斯
哎呀，哎呀，他这是在怎样糊弄你呀！
到我这边来，我好告诉你，

傻子啊，是这神在骗你，根据法律
你父亲的财产丝毫没有你的份，
因为你是个私生子，不是嫡出。

赫拉克勒斯
我是私生子？你说什么？

佩斯特泰罗斯
这是真的，
你是个外国女人生的。你想想看，
雅典娜是个女儿，如果有嫡出的兄弟，
那时她怎么会是唯一的继承人？

赫拉克勒斯
如果我父亲死的时候立遗嘱把他的财产
留给我这私生子呢？

佩斯特泰罗斯
法律不许他这么做。
现在鼓动你的这个波塞冬
到时候就会宣布自己是亲生兄弟，
第一个把你父亲的遗产要过去。
我给你念念梭伦法的有关规定：
"如果有嫡出的子女，
私生子没有继承权。
如果没有嫡出的子女，

遗产归于最近的亲人。"

赫拉克勒斯
那么父亲的财产我一点没份?

佩斯特泰罗斯
肯定没份。告诉我,
父亲给你去族里办过出生登记吗?

赫拉克勒斯
没有。对此我早觉得奇怪了。

佩斯特泰罗斯
你为何恶狠狠地瞪着天?
要是愿意留在我们这里,我将
封你为僭主,并且给你鸟奶吃。

赫拉克勒斯
关于那姑娘的要求我再次
声明同意,我主张给你。

佩斯特泰罗斯
你怎么说?

波塞冬
我反对。

佩斯特泰罗斯

事情全看特里拜洛斯的决定了。喂，你怎么说？

特里拜洛斯

美丽的公主我主张

给鸟的。

赫拉克勒斯

他说给鸟。

波塞冬

宙斯作证，他没说给。

他是说她像燕子飞了的。

赫拉克勒斯

那么他是说把她给燕子。

波塞冬

现在你们俩讲好了同意了；

既然你们同意了，我也默认。

赫拉克勒斯

我们同意你的全部条件，

你跟我们一起到天上去，

去取巴西勒亚和那儿的一切。

佩斯特泰罗斯

因此这些鸟杀得正是时候
正好用于婚筵。

赫拉克勒斯

我留下来烤鸟肉好不好？你们去。

波塞冬

你烤鸟肉？还不如说你嘴馋。
还不和我们一起走？

赫拉克勒斯

我真想尝一尝。

佩斯特泰罗斯

谁给我把结婚礼服拿出来。

（波塞冬、特里拜洛斯神、赫拉克勒斯和佩斯特泰罗斯同下）

歌队

（次节）
在一个好争讼的城里，
在漏壶[1]的旁边，
有一个长舌头的种族。
他们用舌头耕地，
他们用舌头播种，
他们用舌头割草，

---

1. 法院的计时器，水钟。

他们用舌头收获粮食。
这是一个野蛮的种族,
高尔吉亚和菲利普斯的种族[1]。
由此在阿提克各地
献祭时必定先割下
牺牲的舌头献神。

---

[1] 高尔吉亚是著名的诡辩学者,菲利普斯是他的弟子。

退 场

（报信者丙上）

报信者丙

啊，一切事情都成功了，好得无法形容，

啊，十分幸福的飞鸟种族啊，

欢迎你们的王回到幸福的家吧！

他回来了，坐在金光闪闪的大殿上，

熠熠生辉，超过任何明星的灿烂。

太阳远射光辉的明亮，也不及

他这样辉煌荣耀。他回来了，

带回了美得无法形容的新娘，
掌握着宙斯的有翼的霹雳；
美妙的景象啊，弥漫的香气
上达天庭；温和的微风
把香烟扩散到广阔的空间。
他来了，在这里了，有请缪斯女神
轻启红唇唱出纯洁吉祥的歌声。
（佩斯特泰罗斯携巴西勒亚上）

歌队
向前，向后，向左，向右，
环绕飞翔，赞颂祝贺
幸福的人儿和他的幸福。
年轻美丽有多好呀！
幸运的婚姻造福城邦。
是他给鸟类
带来巨大幸运，
我们用歌声
隆重迎接他
和他的新娘巴西勒亚。
（首节）
也在这婚歌声中
命运女神曾引领
宝座之王众神领袖
走上美丽新娘
赫拉的婚床。

啊,许门[1],啊,许门!
(次节)
金翅膀的小爱神
美丽齐整,驾着车
来作媒人和傧相,
参加宙斯和他的
美丽新娘赫拉的婚礼。
啊,许门,啊,许门
啊,许门,啊,许门!

佩斯特泰罗斯
我喜欢你们的颂歌,
我喜欢你们的歌词。

歌队
现在赞颂宙斯
隆隆的雷声、
耀眼的闪光
和他在人间、天上的权力吧。
啊,金光闪烁的闪电啊,
啊,宙斯带火的神枪啊,
啊,惊天动地,给田地
带来雨水的霹雳啊,
瞧,现在谁是你们的主宰!
谁继承了宙斯的遗产!
宙斯的管家巴西勒亚归了他。

1. 许门是婚姻之神。

啊，许门，啊，许门！

佩斯特泰罗斯
现在，所有飞鸟
跟着新郎新娘
去到宙斯的
国土和婚床。
啊，我的爱人，伸出
你的手抓住我的翅膀，
唱歌跳舞吧！
我将把你轻轻托起。

歌队
啊啦啦啦，万岁！
我们赞颂你的光荣，
光荣地战胜了天神。

蛙

人物

狄奥倪索斯	酒神
老板娘	客店老板娘
普拉塔涅	老板娘的女合伙人
克珊提阿斯	狄奥倪索斯的家奴
埃斯库罗斯	
赫拉克勒斯	
欧里庇得斯	
死人	
冥王	
喀戎	冥河的船夫
蛙	
埃阿科斯	冥王的守门者
歌队	秘仪参加者组成
侍女	佩尔塞福涅的侍女

开场

(舞台背景是赫拉克勒斯的庙,两旅行者上:狄奥倪索斯[1]步行,模仿赫拉克勒斯,外面披着狮皮,手中拿着大棒;他的家奴克珊提阿斯骑在一头驴子上,肩挑行李)

克珊提阿斯
主人,我能说一个常能叫观众
听了大笑的笑话吗?

[1] 酒神。奥林波斯十二神之一。

狄奥倪索斯

好吧，随便你，只是，别说那些我受不了的。
还是忍一忍吧，因为我对你的玩笑腻透了。

克珊提阿斯

也不说别的俏皮话吗？

狄奥倪索斯

除了说"我肩膀疼"。

克珊提阿斯

说那个非常好笑的[1]怎么样？

狄奥倪索斯

行，
大胆地说，只是别说那个。

克珊提阿斯

什么？

狄奥倪索斯

为了撂担子，说你要屙屎。

克珊提阿斯

也不能说我负担太重吗？
如果没人帮我去掉重负，我只好自己去掉重负了。

[1] 究竟是什么玩笑没有台词说出，但克珊提阿斯做了个手势，可看出这是个粗俗的玩笑。

狄奥倪索斯

我求你别说下去了，不然我要吐了。

克珊提阿斯

什么？难道我必须挑着这行李
但又不能说一则阿墨普西阿斯、吕基斯，
以及普律尼科司[1]他们的每出戏里
都让挑夫说的那些笑话吗？

狄奥倪索斯

别说出来，别，我告诉你，
我看了他们的戏，听了他们的笑话，
回来时好像比去时衰老了不止一岁。

克珊提阿斯

哎呀，我那十分不幸的脖子，它疼得
受不了啦，但我还不能开个玩笑。

狄奥倪索斯

瞧，这个傲慢无礼之徒！
我，狄奥倪索斯，酒钵之子，
自己吃苦步行，让他骑着驴子，
一点负担没有，一点不累。

克珊提阿斯

什么？我没有负担？

1. 阿墨普西阿斯和普律尼科司是阿里斯托芬的老对手，吕基斯我们只知其名字。

狄奥倪索斯

你骑在驴子身上,怎么会有负担?

克珊提阿斯

喂,我不是挑着这行李吗?

狄奥倪索斯

怎么挑着?

克珊提阿斯

很不情愿地。[1]

狄奥倪索斯

你挑的这行李不是驴子负担着吗?

克珊提阿斯

我肩上的担子它可没有挑,天哪,不是它负担着。

狄奥倪索斯

你自己被负担着,怎么能说你有负担?

克珊提阿斯

不知道。但是反正我的肩膀在疼。

狄奥倪索斯

既然你说驴子没有帮你的忙,

[1] 狄奥倪索斯是一个热衷于欧里庇得斯式诡辩的人物。此处他想与克珊提阿斯进行诡辩,但克珊提阿斯对此回避不谈。

那么该你把它扛着走了。

克珊提阿斯
哎呀，真倒霉。我为什么不去参加海战[1]，
那样的话我会叫你痛哭的[2]。

狄奥倪索斯
滚下来，无赖。我们总算看见了一个人家，
应该在这里第一次歇歇脚，打个尖儿。
喂，看门的，喂，快开门！
（赫拉克勒斯上）

赫拉克勒斯
谁在敲门？像一个不知礼法的半马人
在狂野地撞门，说，你是什么人？

狄奥倪索斯
喂，克珊提阿斯。

克珊提阿斯
在。

狄奥倪索斯
你发现了吗？

---

1. 参加阿吉纽西海战的奴隶获得自由。
2. 或："把你打个半死的"。

克珊提阿斯

什么?

狄奥倪索斯

他是多么地怕我。

克珊提阿斯

宙斯作证,他怕你疯了。

赫拉克勒斯

得墨忒尔女神啊，我忍不住要笑，

咬住嘴唇也禁不住，哈！哈！哈！

狄奥倪索斯

我的好人，你过来，我需要你。

赫拉克勒斯

但是我情不自禁地要笑，看见你

在女式丝袍外披着一张狮皮，

一根大棒，一双厚底靴，

怎么回事？你们要去哪里？

狄奥倪索斯

我在克勒斯特涅斯号船上服役了。[1]

赫拉克勒斯

参加海战[2]了？

狄奥倪索斯

击沉了敌船十二只或十三只。

赫拉克勒斯

就你们俩？

1. 酒神生性胆小，但吹牛参加过取得巨大胜利的海战。诗人用一个当时著名胆怯者的名字命名酒神乘过的战船，意在暗讽。
2. 指雅典海军大败斯巴达海军的阿吉纽西海战。

狄奥倪索斯

就我们俩，阿波罗作证。

赫拉克勒斯

然后"我梦醒了"[1]。

狄奥倪索斯

那时我在船上读了《安德罗墨达》[2]，
一阵渴望像箭一般射进我的心，
你无法想象那心上疼痛的感觉。

赫拉克勒斯

心疼？有多大？

狄奥倪索斯

不大，像摩隆[3]的身材。

赫拉克勒斯

为女人？

狄奥倪索斯

不。

赫拉克勒斯

为孩子？

---

1. 这是一种委婉的方式说狄奥倪索斯是在想入非非。
2. 欧里庇得斯创作的悲剧。
3. 当时一位身材魁梧的悲剧演员。

狄奥倪索斯

也不是。

赫拉克勒斯

为男子?

狄奥倪索斯

哎呀。

赫拉克勒斯

为克勒斯特涅斯?

狄奥倪索斯

别嘲笑我,兄弟。最好怜悯我。
强烈的欲望折磨着我。

赫拉克勒斯

哎呀,小老弟,怎样的欲望?

狄奥倪索斯

我说不清。
但我可用谜语的方式告诉你,
你可曾有过突然想喝汤的那种渴望?

赫拉克勒斯

喝汤?是的,无数次有过那种渴望[1]。

1. 他的食量大是有名的。

狄奥倪索斯

我已经说清楚了吗？还是要我再说一遍？

赫拉克勒斯

"喝汤"不用再说了，我已明白。

狄奥倪索斯

好，就是那样的渴望吞噬着我，
为了欧里庇得斯。

赫拉克勒斯

还是为了一个死者。

狄奥倪索斯

谁也劝阻不了我，我一定要去
找他。

赫拉克勒斯

你是说到下界到冥府去？

狄奥倪索斯

如果有更深的地方也要下去。

赫拉克勒斯

想干什么？

狄奥倪索斯

找到一位真的诗人，

"因为真的没有，有的不真。"[1]

赫拉克勒斯

什么？伊奥丰[2]不是活着吗？

狄奥倪索斯

他是唯一

剩下的好诗人，如果他真的不错。

因为即使这一点，我也不十分有把握。

赫拉克勒斯

如果你执意要去，那里还有索福克勒斯呀。

他比欧里庇得斯生得早，为什么不找他？

狄奥倪索斯

不，这要等我检验过伊奥丰之后。我要看看

离开索福克勒斯他独自一人能创作出什么。

再说欧里庇得斯是个滑头，

能千方百计溜出地狱的；

而那个人[3]活着时很随和，现在死了也随顺吧。

赫拉克勒斯

可是，阿加同[4]在哪儿？

---

1. 这句话取自欧里庇得斯的悲剧《奥纽斯》，是国王奥纽斯被废黜后被问及为何如此孤立，没有盟友时说的一句名言。
2. 索福克勒斯之子。狄奥倪索斯接下去暗示伊奥丰创作的悲剧，其实完全或部分是索福克勒斯的作品。
3. 指索福克勒斯。
4. 当时的一位著名悲剧诗人，生活在马其顿的阿克劳斯宫中，但对狄奥倪索斯的阿提克剧院来说，他几乎等于死去的人。

狄奥倪索斯

他已经离开我们。

他是位好心的诗人,受朋友们怀念。

赫拉克勒斯

去了哪里?

狄奥倪索斯

上天堂赴宴去了。

赫拉克勒斯

那么,克塞诺克勒斯[1]怎么样?

狄奥倪索斯

凭宙斯诅咒,让他见鬼去吧。

赫拉克勒斯

皮坦格洛斯[2]呢?

克珊提阿斯

(自言自语)

可关于我他们一字不提,

尽管我的肩膀磨得这么痛。

赫拉克勒斯

难道你就没有一批小歌手

[1] 一名可鄙的悲剧作家。
[2] 雅典悲剧作家。

和数不清的悲剧作者?
他们唱得比欧里庇得斯快出好几百米。

狄奥倪索斯
这些仅仅是佳酿的残渣，唧唧喳喳的鸣禽，
燕巢的歌队，艺术的退化者。
他们训练出一支歌队，一旦得到了缪斯的爱，
再也不见他们人影。不过我的朋友啊，
任凭你去天涯海角四处寻觅，你也难于找到，
一位真正创造性的天才，说出令人惊叹的妙语。

赫拉克勒斯
创造性？什么意思？

狄奥倪索斯
我指这样的人，
他敢于大胆构思，富有新意，
"天空，宙斯的卧室""时间的脚步"
或者"发誓的不是我心：
是我的舌头犯了伪誓罪。"[1]

赫拉克勒斯
你喜欢那样的风格？

狄奥倪索斯
岂止喜欢，喜欢得发狂。

1. 对欧里庇得斯剧中话的戏拟。

赫拉克勒斯

我看，这是些无聊的滑头话，其实你心里也明白。

狄奥倪索斯

"别来管我的心"，你有一个家要管。[1]

赫拉克勒斯

说得对，但那简直是欺骗。

狄奥倪索斯

教我吃东西！

克珊提阿斯

（叹息，旁白）

可关于我他们一字不提。

狄奥倪索斯

请你告诉我——我乔装打扮成

你的模样来到这里，就是为了这事——

你到冥府去领来克尔贝罗斯[2]时，

在下界结交过哪些朋友，

万一我也需要他们的帮助。

还要告诉我有哪些锚泊地、泉水、商店，

道路、憩息处、热浴室、茶点室，

城镇、旅馆、老板娘，哪些旅馆

臭虫最少。

1. 这也是对欧里庇得斯剧中话的戏拟。
2. 看守冥界入口的恶犬。

克珊提阿斯

（旁白）

可是关于我他们只字不提。

赫拉克勒斯

疯子啊，你也敢去[1]？

狄奥倪索斯

别再问那个，但请告诉我，

走哪条路我可以最快地到达阴曹地府？

我要找一条既不太热又不太冷的路。

赫拉克勒斯

我先告诉你哪条路呢？走哪一条呢？

一条路是用绳子和板凳：

把自己吊起来。

狄奥倪索斯

不，那样太闷了。

赫拉克勒斯

还有一条又短又平的路，

用研钵。

狄奥倪索斯

你的意思是用毒药？

1.隐含的意思是：你这个爱享乐缺乏男子汉气的狄奥倪索斯也敢去冥府？

赫拉克勒斯

正是。

狄奥倪索斯

不,那条路太冷,
还没上路,胫部就已麻木。

赫拉克勒斯

那么,你是否愿意走一条快捷一直往下的路?

狄奥倪索斯

那好,因为我不耐走路。

赫拉克勒斯

你先到克拉墨科斯[1]去。

狄奥倪索斯

做什么?

赫拉克勒斯

爬到塔的顶尖上。

狄奥倪索斯

然后呢?

---

[1] 克拉墨科斯指雅典"陶工区",在城西北部,由城墙分隔成两部分,城外部分从公元前491年起用作雅典阵亡将士墓地。

赫拉克勒斯

看着等火炬赛跑[1]开始,
等观众一呐喊催促:"起跑!""起跑!"
你就让自己起跑。

狄奥倪索斯

往哪里?

赫拉克勒斯

往下。

狄奥倪索斯

叫我脑浆涂地,这是你的意思吗?
那种路我不想尝试。

赫拉克勒斯

你要尝试哪一种?

狄奥倪索斯

你走过的那条路。

赫拉克勒斯

那是一趟充满危险的旅行,
因为你先要来到一个大湖[2],
它深不可测。

1. 这里的火炬赛跑见第273页。
2. 指阿克戎河,去冥府的第一程。

狄奥倪索斯

我如何渡过去?

赫拉克勒斯

一位老水手,用一丁点儿大的一只小船,
把你划过去。收费两个奥波尔。[1]

狄奥倪索斯

咄!两个奥波尔的钱到处都有这么大的能耐呀!
这阳间的钱是怎么跑到冥府去的?

赫拉克勒斯

是提修斯[2]带下去的。

1. 通常的收费是 1 个奥波尔,这里阿里斯托芬说成 2 个,这是暗指演出那天上午他面前的几千观众,每个人进入狄奥倪索斯剧场的票价是 2 个奥波尔。
2. 作为赫拉克勒斯的朋友,提修斯是唯一活着到过冥府的雅典人,所以赫拉克勒斯只能认为是他随身带了些奥波尔,传到了冥府。

然后，你会看到无数的巨蛇
和十分可怕的野兽。

狄奥倪索斯
你不必来吓唬我，
我决意要去那里。

赫拉克勒斯
然后是粪便的海洋[1]，
深不可测，被扔在里面的是这样一些人：
他们活着时欺侮过外来人，
或者抢走人家孩子不付钱，
或者凌辱过母亲，或者打过
父亲耳光，或者立过伪誓，
或者抄赠过摩尔西摩斯[2]的诗句。

狄奥倪索斯
当然那些学跳过克涅西阿斯剑舞[3]的人
也应被扔入污秽的无边海洋里。

赫拉克勒斯
然后，你将听到周围一片优美的笛声，
看见与我们世上一样的明媚阳光，
桃金娘的树林，幸福男女们
拍着手的敬神游行队伍。

1. 有关奥尔甫斯仪式，参见柏拉图的《斐多篇》。
2. 当时一位可鄙的悲剧作家，在阿里斯托芬的《骑士》和《和平》中也受到嘲笑。
3. 一种全副武装的青年人跳的舞蹈。克涅西阿斯是当时一位不重要的酒神颂诗人，参见《鸟》第120至第124页，似乎他曾为这种舞蹈谱过伴奏曲。

狄奥倪索斯

他们是什么人？

赫拉克勒斯

秘仪的参加者。

克珊提阿斯

（自言自语）

我扮演的角色就是这秘仪中的驴[1]。

但是我要放下这担子，我受不了啦。

赫拉克勒斯

你想要知道的一切他们都会告诉你。

你会发现他们就住在

紧靠大路边冥王府的大门口。

祝你一路平安，兄弟。

狄奥倪索斯

你也保重！

（赫拉克勒斯下[2]。向克珊提阿斯）

小子，再把行李挑起来。

克珊提阿斯

在我放下以前吗？[3]

---

1. 驴常被用来驮运从雅典至埃琉西斯游行队伍所需的物品。故"当驴子"成了个俗语，意思是为他人去做苦差使。
2. 退入庙内。
3. 这时担子还挑在肩上，从未放下过。

狄奥倪索斯

快点。

克珊提阿斯

不,我求你还是雇一个和我们同路的
正在出殡的死人做挑夫吧。

狄奥倪索斯

如果找不到呢?

克珊提阿斯

我再挑。

狄奥倪索斯

好吧。
瞧，正有一个死人被抬出来了。[1]
喂，那儿的那个死人，我在向你问话呢。
你是否情愿帮我们挑这行李到冥府去？

死人

哪些东西？

狄奥倪索斯

这些。

死人

你肯付两个德拉克马工钱吗？

狄奥倪索斯

不，太贵了。

死人

滚开，别挡我的道。

狄奥倪索斯

站住，我的好人，我们也许能达成交易呢。

[1] 一个裹着尸布的死人，躺在停尸架上，被抬上舞台。

死人

你不给两个德拉克马,就别说了。

狄奥倪索斯

一个半吧。

死人

我宁可再去活。

克珊提阿斯

真是个傲慢的无赖!绞死他才好呢。
我自己挑。

狄奥倪索斯

这才是个可敬的男子汉。
走,我们去渡口吧。

喀戎

过来,靠过来。

克珊提阿斯

那是什么?

狄奥倪索斯

这个?宙斯作证,不就是他
刚才提到的那个湖吗?那边就是渡船。

克珊提阿斯

海神作证。是的,那不就是老喀戎吗?

狄奥倪索斯

你好,喀戎。你好,喀戎,过来,喀戎。

喀戎

是谁离开了灾难和痛苦要去安息?
是谁要去忘川的平原或者驴毛的末梢[1]?
要去克尔贝里亚,或泰那罗[2],乌鸦渡口[3]?

狄奥倪索斯

我。

喀戎

快上船。

狄奥倪索斯

我们真的去那里?
真的去乌鸦渡口?

喀戎

宙斯作证,是的,为了你。
上船吧。

1. 有轻蔑的意思,相当于"空空如也"。
2. 被认为是地府的入口之一。
3. "被乌鸦啄完"通常用来诅咒,意即"去死吧"。

狄奥倪索斯

（上船后向克珊提阿斯）

喂，小子。

喀戎

是个奴隶？我可不渡奴隶，

除非他参加过海战，赢得了自由权。

克珊提阿斯

宙斯作证，我没去参战是因为眼睛有病。

喀戎

那你只好绕湖走到那边去。

克珊提阿斯

在哪里等你们？

喀戎

在枯石旁，

靠近歇脚站。

狄奥倪索斯

你听明白了？

克珊提阿斯

完全明白了。

可怜的人,一出发我就不吉利。

喀戎

(向狄奥倪索斯)坐到桨上。(喊叫)还有谁要上船?快点!

(向狄奥倪索斯)喂,你在干什么?

狄奥倪索斯

我在干什么?

坐在桨上[1]呀。不是你吩咐我这么做的吗?

[1] 字面上是"坐在桨上"。喀戎意思是叫他"坐下划桨",但狄奥倪索斯误解了他的意思,坐在桨上,也许是故意的。

喀戎

你是坐在桨上，你这个酒囊饭袋。

狄奥倪索斯

是这样吗？

喀戎

把你的双臂尽力向前伸出去。

狄奥倪索斯

是这样吗？

喀戎

好啦，别老是那样装疯卖傻，
稳住你的脚跟，用劲划桨。

狄奥倪索斯

我怎么能划桨？
我不是桨手，不是水手，不是一个萨拉弥斯人[1]，
所以，我不会。

喀戎

很容易，只要把桨放进水里，
你就会听到最好听的同步歌声。

1. 萨拉弥斯人过去常干往返雅典的划船活儿。

狄奥倪索斯

谁的歌声？

喀戎

蛙的天鹅般的歌声，美极了。

狄奥倪索斯

那么你发出号令吧。

喀戎

预备，开始！

蛙

布雷凯凯凯克斯，科阿克斯，科阿克斯，

布雷凯凯凯克斯，科阿克斯，科阿克斯。[1]

我们，泉水湖泊的孩子们，

让我们随着桨声的响起，

一起放声歌唱我们曾在利姆纳[2]

沼泽地里唱的"科阿克斯，科阿克斯"，

那为了赞美倪萨的狄奥倪索斯，

宙斯之子，酒神的歌曲。

在那个神圣的瓦钵节[3]，

人们喝得醉醺醺，成群结队，

在我们住地周围东倒西歪地走着唱着。

布雷凯凯凯克斯，科阿克斯，科阿克斯。

1. 死蛙的幽灵在阿克戎湖中唱的曲调与它们活着时在雅典沼泽地里唱的相同。此处阿里斯托芬真切地模拟了蛙的叫声。
2. 利姆纳地区毗邻卫城靠近剧场，那里有狄奥倪索斯的神殿。修昔底德说，早先酒神节于花月的第十二天在这里举行。
3. 瓦钵节是后来给酒神节的第三天（一说第八天）取的名。

狄奥倪索斯

我手上磨起了茧子，

开始疼痛，啊，科阿克斯，科阿克斯。

蛙

布雷凯凯凯克斯，科阿克斯，科阿克斯。

狄奥倪索斯

但是，也许你们不在乎。

蛙

布雷凯凯凯克斯，科阿克斯，科阿克斯。

狄奥倪索斯

该死的东西，去你们的科阿克斯，

除了科阿克斯，你们什么也不会。

蛙

说得对，爱管闲事的先生，你说得对！

须知，弹奏里拉的缪斯们喜欢我们；

还有那个用双管演奏欢快乐曲的

人身羊足，头上长角的牧神潘；

还有光明的竖琴师阿波罗，

也从我们的合唱中得到快乐；

因为里拉贝壳周边排着的

坚韧芦苇[1]生长在我们的湖泊里。

[1] 牧神潘用芦苇做成双管笛，它们也可用来做里拉。

布雷凯凯凯克斯，科阿克斯，科阿克斯。

狄奥倪索斯
我手上起了泡，疼得厉害；
船尾下好闷热，
我知道它们很快会冒上来，
布雷凯凯凯克斯，科阿克斯，科阿克斯，
叫个不停。
啊，悦耳的赛跑曲，哎，求你们别唱了，
哎，你们别再唱了。

蛙
哎呀，不行。哎呀，不行。
我们的歌声必须越唱越响。
就像过去在阳光明媚的日子里，
我们穿越芦苇荡和长着马尾草的沼泽时，
欢乐地唱着一首又一首的跳水回旋曲，
纵身跳跃向前冲。
或像过去暴风雨来临，
我们跳入水中往下躲避时，
疯狂地齐声高歌，水面上直翻气泡。
（蛙声越叫越响，越叫越快）

蛙与狄奥倪索斯
布雷凯凯凯克斯，科阿克斯，科阿克斯。

狄奥倪索斯
我要压住你们这同步曲的叫声。

蛙
你这样做,真可怕。

狄奥倪索斯
如果我越划越快,紧张死了,
我说那样更加可怕。

蛙与狄奥倪索斯
布雷凯凯凯克斯,科阿克斯,科阿克斯。

狄奥倪索斯
叫苦去吧,不关我的事。

蛙
反正我们还是要放开喉咙
整天高声地叫,高声地唱。

蛙与狄奥倪索斯
布雷凯凯凯克斯,科阿克斯,科阿克斯。

狄奥倪索斯
这样你们赢不了我。

蛙

你怎么也赢不了我们。

狄奥倪索斯

不，你们就是胜不了我，

永远不会。如果有必要，

我也要整日高唱我的歌，

直到压住你们的科阿克斯，

布雷凯凯凯克斯，科阿克斯，科阿克斯。

我想我已经止住了你们的科阿克斯。

喀戎

停，别划了，靠岸！

付了渡费上岸吧！

狄奥倪索斯

给，两个奥波尔。

克珊提阿斯！去哪儿了？克珊提阿斯，你在那儿吗？

克珊提阿斯

唉！

狄奥倪索斯

这边来。

克珊提阿斯

见到您真高兴,主人。

狄奥倪索斯

你那边见到什么?

克珊提阿斯

只有污秽和黑暗。

狄奥倪索斯

告诉我,你是否真的见到过
他说的杀父者和伪誓者?

克珊提阿斯

你没见到?

狄奥倪索斯

波塞冬作证,我见到了。瞧,我现在还看见他们。
(手指观众)
且说,下一步做什么?

克珊提阿斯

我们最好继续向前走。
这里就是赫拉克勒斯说过的
凶恶野兽出没的地方。

狄奥倪索斯

让那家伙见鬼去吧。

他不过是吹牛，想吓唬我，

看见我勇敢，妒忌我。

没有人比赫拉克勒斯更自大的了。

我还真想有什么奇遇，

配得上我这趟旅行的呢。

克珊提阿斯

是的，宙斯作证。

哎呀，我听到一种声音。

狄奥倪索斯

（害怕地）

哪里？哪里？

克珊提阿斯

在背后。

狄奥倪索斯

那么你去背后。

克珊提阿斯

不，是在前面。

狄奥倪索斯

那么你马上去前面。

克珊提阿斯

天哪,我看见了一头巨大的怪兽。

狄奥倪索斯

哎呀,它长得什么模样?

克珊提阿斯

奇怪的,变成各种各样:
一会儿公牛,一会儿骡子,现在
又变成了可爱的女人。

狄奥倪索斯

在哪儿?我要见见她。

克珊提阿斯

但已不再是女人了,已变成了一只狗。

狄奥倪索斯

(害怕地)
一定是埃普刹[1]。

克珊提阿斯

嗯,它的脸上全是

---

[1] 一种可怕的怪兽,以不断变形而著名。

火焰燃烧着。

狄奥倪索斯
它有一条铜腿,是吗?

克珊提阿斯
波塞冬作证,是的,另一条是牛粪做的。

狄奥倪索斯
哎呀,我往哪里逃?

克珊提阿斯
哎呀,我往哪儿逃?

狄奥倪索斯
我的祭司[1]啊,保护我!我答应请您共进晚餐。

克珊提阿斯
赫拉克勒斯王啊,我们完蛋了。

狄奥倪索斯
哎,别叫我,
好伙计,我求你,千万别叫我赫拉克勒斯。

克珊提阿斯
那好,狄奥倪索斯啊。

1. 剧场由狄奥倪索斯的祭司主持。他坐在前排中央显耀的位置,他的左右两边各有三十三位贵宾。后期他坐的宝座在雅典剧场遗址中出土,还带有清晰的铭文"埃琉特赖酒神的祭司"。

狄奥倪索斯

哎呀，那更糟。

克珊提阿斯

（向鬼怪）

哎呀，你走你的路吧[1]。

喂，主人，这边，到这边来。

狄奥倪索斯

唉，现在他像什么？

克珊提阿斯

打起精神来吧。一切恢复正常。
就像赫格洛科斯[2]，我们现在可以说
"风暴已经过去，天空又转晴朗"[3]。
埃普刹已经走了。

狄奥倪索斯

你发誓！

克珊提阿斯

我对天发誓，它走了。

狄奥倪索斯

再说一遍。

---

1. 或作"别碰我们"。
2. 悲剧演员。
3. 欧里庇得斯的《奥瑞斯忒斯》中，主人翁一阵狂怒发作过后说的一句话："风暴过后，我又见晴朗天空。"

克珊提阿斯

我对天发誓。

狄奥倪索斯

再来一遍。

克珊提阿斯

我对天发誓,

哎呀,倒霉,见到它我吓得脸色发白,

可是,他,他的恐惧又使我全身变黄。

狄奥倪索斯

哎呀,降临我身的这些灾难从何而来?

是哪位神灵要我灭亡?

是天空,宙斯的卧室,还是时间的脚步[1]?

(幕后传来笛声)

听!

克珊提阿斯

什么?

狄奥倪索斯

你没听到吗?

克珊提阿斯

什么声音?

1. 参见第171页。

狄奥倪索斯

笛声。

克珊提阿斯

是的,还有一阵火炬的气味
迎面而来,一种非常神秘的气息。

狄奥倪索斯

那么,我们且退到旁边去,看看是怎么回事。

歌队[1]

伊阿科斯,啊,伊阿科斯!
伊阿科斯,啊,伊阿科斯!

克珊提阿斯

我知道了,主人:这就是他[2]告诉我们的
那些参加秘仪的人,他们在此载歌载舞,
唱着狄阿戈拉斯[3]作的"伊阿科斯"。

狄奥倪索斯

我想是的,我们最好别吱声,
看清楚他们到底做些什么。

---

1. 歌队唱蛙之歌时一直在舞台后面,这时候他们身穿秘仪长袍,手持火把,游行过来,由远而近,并作为歌队步入舞台。
2. "他"指赫拉克勒斯。
3. 一位抒情诗人。

进 场

(歌队手持火炬进场,呼起"伊阿科斯")

歌队

伊阿科斯，住在这庄严神殿[1]里的，
啊，伊阿科斯，啊，伊阿科斯。
请踏上这片绿色的草地，
参加秘仪者神圣的舞蹈，
来吧，结满果实的桃金娘花环
将戴在你的头上，果实四下里摆动；
来吧，踩着狂欢别致的舞步，
伴随着秘仪者歌队的行进，
让纯洁和神圣融入我们快乐的舞蹈。
它们拥有美惠女神的一切魅力。

克珊提阿斯

神圣庄严的女神，得墨忒尔的女儿，
啊，一阵多么香的猪肉味朝我扑来。[2]

狄奥倪索斯

别吭声！你也许能得到点猪肚子上的肉。
（抬出伊阿科斯）

歌队

请点亮并挥舞你手中的熊熊火炬，
啊，伊阿科斯！啊，伊阿科斯！
你是夜空闪烁着的明星。
瞧，草地上火炬照亮了夜空，
老年人忘记了自己的年龄和悲伤，

1. 指埃琉西斯神殿，就在雅典西门内，殿内供奉佩尔塞福涅、得墨忒尔和伊阿科斯。取出伊阿科斯神像后，队伍便开始行进。当大家走过克拉墨科斯区时，歌队唱起赞美三位神灵的颂歌。再出埃琉西斯门，来到克菲索斯河的桥上，在此一阵打趣逗弄后，朝着鲜花盛开芳草青翠的特里亚西亚平原而去，从人们的视野中消失。
2. 在秘教仪式上猪被用作祭品。

僵硬的腿脚快乐地跳了起来。

高举起燃烧着的火炬吧,

带领着你纯洁的长队前进。

带领着走啊,带领着可爱的,

充满青春气息的歌队,

去鲜花盛开的芳草之地。

(警告亵渎者离开)

所有邪念与亵渎必须停止!让他们远离我们的歌队:

那些不懂秘仪者语言的人,或心灵头脑不洁净的人;

那些与缪斯的高尚行乐无缘的人，或没有参加过神圣歌队的人，

那些没参加过酒神仪式的人——这种仪式食牛者老克拉提诺斯[1]有过描述；

那些爱听小丑粗俗玩笑的人，尽管这些插科打诨不合时宜；

那些不能与邦人融洽相处，不能克己平息党争，

为了达到一己私利热衷于煽风点火制造仇恨的人；

那些在城邦艰难的时刻利用手中权力收受贿赂的人；

那些把要塞或舰队出卖给敌人的人，

或像丧心病狂的托吕基昂[2]那样把违禁品

---

1. 著名喜剧诗人，96岁时获奖，是酒神的崇拜者。
2. 腐败的税收官。

从爱琴海偷运出去，运到埃庇达罗斯[1]去的

那些该死的百分之五税的征收者[2]；

那个诱使人们把物资供应敌人军船的人；

那个胆敢哼着圆舞曲朝赫卡忒[3]的路边圣祠大小便的人；

那个在祖传的酒神节欢宴上遭到嘲笑后，怀恨在心，

在集会上不断地要求削减喜剧诗人酬金[4]的公众演讲者。

向这些人我发出警告，

警告他们一次，警告他们两次，再警告他们

第三次：不准靠近秘仪者的神圣歌队。

但你们，我忠实的朋友们，唱起来吧，

让我们开始通宵达旦地欢宴，

这是我们应得的快乐与幸福。

（开始行进）

出发，忠诚的朋友们，前进！

去快乐的谷地，去鲜花盛开的芳草地

带着诙谐，开着玩笑，跳着舞蹈，

今晚我们已经酒足饭饱。

（献给冥后佩尔塞福涅的游行颂歌）

前进！高唱献给您的歌曲，

心中充满激情，放声高唱，

赞美我们的救星女神，

她已发誓，

不管托吕基昂的意愿如何，

她将永远保护我们的城邦。

中断韵律，改变节拍，

---

1. 斯巴达的一座城市。
2. 很可能指在围攻叙拉古期间雅典对同盟国征收百分之五的进出口关税。见修昔底德《伯罗奔尼撒战争史》。
3. 赫卡忒是月亮、大地和冥界女神，后亦被视作魔法和巫术女神。
4. 指城邦给三位参加竞赛的喜剧家的酬金。

现在把赞歌与圣曲献给得墨忒尔，

高贵、伟大的女神，

丰收之神，粮食的给予者。

（献给得墨忒尔女神的游行颂歌）

啊，女神，我们仪式之主，

保护并帮助您的歌队吧，

我们信赖您的帮助。

请赐给我们整日的歌舞畅饮；

愿我们在此所说的一切，

既非常认真，又大开玩笑，

与您的节日相称。

当我们说够了，笑够了时，

希望胜利者的花环属于我们。

现在呼唤年轻的天神吧，

请他出来，别磨蹭。

请他在歌队中行进，

沿着圣路翩翩起舞。

（献给伊阿科斯的游行颂歌）

啊，带着您节日的歌曲快乐地来吧，

啊，来到女神前，和我们不知疲倦的队伍融为一体，

尽管我们行进的路程一向不远[1]。

啊，伊阿科斯，嬉戏舞蹈之王，

请您和我们并肩前进！

为了娱乐，为了粗俗，您撕破了我们的衣裳，

托您的福我们可以尽情地舞蹈，

互相谩骂，互相嘲讽，谁也不会生气。

1. 从雅典到埃琉西斯约19千米多一点。

啊，伊阿科斯，嬉戏与舞蹈之王，
请您与我们并肩前进！
在这欢乐中我见到一位可爱的少女，
混乱之中她的衣服已被撕破，
破碎的衣服中露出了她洁白的胸脯。
啊，伊阿科斯，嬉戏与舞蹈之王，
请您与我们并肩前进！

狄奥倪索斯
我也想跟着他们去，
和他们一起歌舞玩耍。

克珊提阿斯
我也想去。
（在克菲索斯桥上的戏谑）

歌队
我们要不要一起
与阿克得摩斯[1]开个玩笑？
他长到七岁还没有成为胞族成员。[2]
但如今，他在上面的死人中
当上了民众领袖，
并且取得了那里无赖们的最高职位。
我还听说克勒斯特涅斯
在坟墓间拧自己的屁股，
抓自己的脸；

---

1. 阿克得摩斯在第220页被称作"烂眼皮的"，显然出生于外邦。他在此受到讽刺，是由于他首先发难攻击阿吉纽西海战获胜的希腊将领们。参见色诺芬《希腊史》，他在该书中被写成雅典的政府首脑。

2. 即还没有赢得雅典公民权并成为胞族成员。一般孩子到七岁始换上恒牙并赢得公民权，成为胞族成员。

捶打胸脯，低头

痛哭，呼唤西比诺斯[1]

回来，在爱情上帮他一把。

我还听说卡里阿斯[2]——

希波彼诺斯的这个儿子，

披上了一张狮皮，进攻女人的羞处。

狄奥倪索斯

你们谁能告诉我，

冥王住在这里什么地方？

我们两个都是外地人，

刚刚来到这里。

歌队

别再往前走了，

也不要再问路了，

你们已经站在他的宫门口了。

狄奥倪索斯

家奴，再拿起这行李。

克珊提阿斯

这还用再说吗？

就像"宙斯的科林托斯"[3]一样，

他总是唠叨着他的行李。

[1]. 一个多情的雅典人。
[2]. 一个挥霍纵情者。
[3]. 这是一句谚语，意为啰嗦。"宙斯之子"科林托斯是古希腊科林斯城的创始人。

歌队

现在走吧！神圣仪式的所有参加者，

轻快地踏着你们神圣的舞步

穿过鲜花开放的林中空地。

我将带领这些妇女

和圣洁的少女们

去她们做夜间

祈祷的地方，点亮

吉祥的火把。

（向特里亚西亚平原[1]进发）

让我们快去玫瑰花开放，

香气弥漫的地方；

那里快乐的游戏

最美的歌舞

在等待着我们。

快乐的命运女神安排我们在这里愉乐。

快乐的秘仪者歌队啊，

神圣的太阳，高空的光明，

仅仅照耀我们身上，

我们怀着神圣、洁净的目的，

沿着生活的正路向前走。

对本地人与陌生人一视同仁。

---

1. 特里亚西亚平原是埃琉西斯平原的一部分。

第一场

狄奥倪索斯

该怎么敲门呢?怎么敲门?

我不懂这里人敲门的规矩。

克珊提阿斯

别磨蹭,快敲门吧。别忘记
你披着一张狮皮像赫拉克勒斯的样子。

狄奥倪索斯

看门的,看门的。

埃阿科斯[1]

谁?

狄奥倪索斯

是我,大力士赫拉克勒斯。

埃阿科斯

哎呀,你这个不知羞耻、胆大妄为的恶棍,
哎呀,歹徒,歹徒,你这卑鄙之极的歹徒。
你卡住我们克尔贝罗斯的脖子,拽着它
逃跑,横冲直撞,强行驱走我豢养的犬。
现在我终于逮住你了。
这附近冥河里黑色的心状岩石,
淌着血的冥河山崖
将把你团团围住:
科库托斯的冥犬将围着你奔吠,
百头怪兽埃基德娜将扯你的心,
塔特西亚八目鳗将啄食你的肺,
还有那些提特拉西亚的蛇发女怪戈耳工

---

[1] 通常作为冥府的三位判官之一(其他二位是米诺斯和拉达曼托斯),但在此剧中作为冥王的守门者。

会撕你的肾，把你所有的内脏
统统捣成稀巴烂的肉酱。
我要奔去把他们叫到这儿来。
（下，狄奥倪索斯吓得跌倒在地，克珊提阿斯把他扶起）

克珊提阿斯
喂，你怎么啦？

狄奥倪索斯
我招灾惹祸了，快请神[1]吧。

克珊提阿斯
站起来，你这让人瞧不起的笑料，
立刻站起来，别让人看见了。

狄奥倪索斯
什么，让我站起来？我都要晕过去了。
快拿一块浸湿的海绵敷在我的心口。

克珊提阿斯
给！敷上吧。

狄奥倪索斯
敷在哪儿？

1. 按秘仪者的宗教仪规，当最后的祭酒倾注后，神灵将被请出来。

克珊提阿斯
你们这些黄金的神灵啊,
你的心在那里吗?

狄奥倪索斯
它给吓坏了,一颤抖掉进了我的胃里。

克珊提阿斯
真是神灵和凡人中间最懦怯的一个。

狄奥倪索斯
最懦怯的?我?
叫你拿块海绵来的不是我吗?
一个懦夫能那样做吗?

克珊提阿斯
懦夫会怎样?

狄奥倪索斯
懦夫会躺在地上直哆嗦,
可我站了起来,还把身上掸干净了。

克珊提阿斯
波塞冬作证,真够勇敢的!

狄奥倪索斯

确实如此，我认为。

可是，听到那些可怕的威胁和喊叫，

你真的不害怕？

克珊提阿斯

宙斯作证，我根本不在乎。

狄奥倪索斯

好吧，既然你是个如此了不起的英雄，

你是否愿意装扮成我，

拿着这英雄的大棒，披上狮皮，

而让我来做你的家奴，担着这行李？

克珊提阿斯

好的，我同意换过来。

您瞧着吧，克珊提阿斯扮成赫拉克勒斯

会不会像你那样胆怯。

狄奥倪索斯

不，你真是个来自弥利特[1]的无赖。

好，走吧，我自己来挑行李。

（佩尔塞福涅的侍女上）

侍女

啊，欢迎你，赫拉克勒斯！请进来吧，

1.阿提克的一个区，邻接卡吕托斯区和克拉墨科斯区，那里有作为辟邪之神赫拉克勒斯的著名神殿。

最亲爱的。我的女主人听说你来了，
赶紧忙开了，做了大大的糕饼
煮了二三瓦罐的稀饭，
还烤了一整只的公牛，
烘好了姜饼和蜜糕。快跟我来吧。

克珊提阿斯

（谢绝）

你们太客气了。

侍女

凭阿波罗立誓，我不能让你
饿着肚子走开。因为女主人
正在炖鸟肉，做饭后的甜食，
还在调和她那最醇的葡萄美酒，
来吧，亲爱的，跟我进来。

克珊提阿斯

（仍谢绝）

请代我谢谢她。

侍女

别开玩笑了。
我不会放你走。还有一名十分可爱的
吹笛女早已在里面，还有二三名
舞女也在那儿等你们呢。

克珊提阿斯

你说什么?舞女?

侍女

刚成年的少女,穿着新衣裳,刚打扮过。
进来吧,亲爱的,厨师已经把菜
盛好碗,正在摆餐桌。

克珊提阿斯

那你进去吧,告诉你刚才说到的
屋里的那些舞女,我马上就进来。
喂,小子,拿起行李,跟我过来。

狄奥倪索斯

喂,你给我站住!你不会是当真的吧?
我让你打扮成赫拉克勒斯只是为了开个玩笑。
好了,克珊提阿斯,别装傻了,
你给我拿起行李,重新挑起来。

克珊提阿斯

什么?
我可不让你把这披风扒下来,
你自己给了我的。

狄奥倪索斯

不让?我现在就扒,

你给我把狮皮脱下。

克珊提阿斯
我请你们大家作证,
还请众神裁判。

狄奥倪索斯
众神？亏你说得出。
嘿，别痴心妄想白日做梦啦。
你，一个奴隶，一个凡人，
要冒充阿尔克墨涅[1]的儿子？

克珊提阿斯
好吧，你拿回去。也许很快
你又要用到我的，如果老天有意。

歌队
他就是这么个
机敏灵活的人，
随机应变，总是
靠在有阳光的一边，
他不会像尊塑像，
总是站成一个姿势；
不，他会快速地转变航向，
总能得到有利的顺风。
他精明干练，

---

1. 赫拉克勒斯的母亲。

生来是个特拉米尼[1]。

狄奥倪索斯
那真是个天大的笑话:
如果克珊提阿斯,一个奴隶,
躺在米利都地毯上和舞女亲嘴。
而我,一个主人,却像个奴隶,
站在一旁侍候着。
主人要什么,还得赶紧递上。
然后,当他拥抱着美丽的少女时,
看见我火热迫切地也想拥抱她,
这粗鲁的窃贼和骗子兴许还会
转过身来,朝我脸上猛击一拳,
把我的前排牙齿打落。

---

1. 古希腊历史上有名的骑墙派,绰号叫"拖鞋",因为拖鞋是左右脚都能穿进去的。公元前406年,阿吉纽西战后审判时他叛卖了其他将军,致他们被判死刑。

第二场

(客店老板娘和她的合伙人普拉塔涅上)

老板娘

普拉塔涅,普拉塔涅,快过来。

就是这个无赖,那一次在我们饭馆里

一口气吃掉十六条面包。

普拉塔涅
对,宙斯作证,
就是他!

克珊提阿斯
(旁白)
看来有人要倒霉了。

老板娘
哎呀,此外还有二十块牛肉,
每块值半个奥波尔。

克珊提阿斯
(旁白)
有人要挨打啦。

老板娘
还有无数的大蒜。

狄奥倪索斯
这女人啊,你胡说八道,
我不知道你在说什么。

老板娘

哎呀，你以为
穿了厚底靴我就认不出你了？
哎呀，我还没有把鱼算进去呢；
宙斯作证，还有那些刚做好的奶酪：真晦气，
他连盛奶酪的篮子[1]都一口吞了下去。
还有，我刚暗示要他付钱，
他就变得那么凶狠，像头公牛吼了起来。

克珊提阿斯

是的，那是他的习性。他总是那样的。

老板娘

哎呀，他还拔出剑来，像发了疯。

普拉塔涅

哎呀，宙斯可以作证。

老板娘

我们怕得要命，
逃进了穿堂，躲进了柜子。
他则逃之夭夭，还卷走了几包东西。

克珊提阿斯

那也是他的癖性。你们要采取什么行动了？

---

1. 柳条做的篮子，状似一块奶酪，凝乳放入后被挤压，直至所有乳浆被滤尽。

老板娘

快，快去叫我的庇护者克里昂[1]，请他快来。

普拉塔涅

哎呀，如果你碰得到，也把许佩尔波洛斯[2]给我叫来。
我们请他吃饭。

老板娘

啊，这可恶的大嘴，
我真想拿起一块石头
敲掉这些嚼过我食品的牙齿。

普拉塔涅

我真想把你扔进死囚坑里去。

老板娘

我真想拿起一把镰刀，钩出
咽下我的牛肚子的那根食管。
但我要先去见克里昂，他今天就会
传唤你，勒令你偿还这些东西。

狄奥倪索斯

如果我不爱克珊提阿斯，让我不得好死。

克珊提阿斯

哎，你的用意我明白。别，别那样发誓啦！

1. 她们用已死的民众领袖克里昂来吓唬狄奥倪索斯。
2. 伯罗奔尼撒战争时雅典政治活动家，公元前411年死于萨摩斯岛。

我可不愿再次扮成赫拉克勒斯。

狄奥倪索斯
千万别那样说,
亲爱的克珊提阿斯。

克珊提阿斯
再说,像我这样一个凡人,又是一个奴隶,
怎么可以充当阿尔克墨涅的儿子?

狄奥倪索斯
我知道,我知道你生气,是我不好。
如果你现在用拳头不断地揍我,我也不会怨你。
如果我再从你身上扯下这披风,
就让我本人,我的妻子,孩子都不得好死,
还有,那个烂眼皮的阿克得摩斯也不得好死。

克珊提阿斯
我满意这誓言,按此条件我接受这外装。

歌队
你终于又穿上了
当初的那身外装。
提着棍子,披着狮皮,
现在该你行动了。
恢复你的青春活力,

瞪起可怕的眼睛。
要记住，你是在扮演
一个神的角色。
倘若在争吵中，
你说话软弱，
那么你就会被再次剥去衣裳，
变成一个挑行李的奴隶。

克珊提阿斯
朋友们，感谢你们的忠告，
类似的想法不久前我也才有过。
确实如此，如果有什么好事降临，
他总要想法抢走，这点我全明白。
但是，既已披上了这身狮皮，
我决不怯懦地认输，
不，我将露出吃足了苦牛至[1]的狠相。
我想，考验的时候到了，
我听见那边门后有响声。

---

1. 一种又苦又难闻的植物。

第三场

(埃阿科斯带领从人复上)

埃阿科斯

逮住那偷犬者,快把他绑起来,

把他押去接受审判!

狄奥倪索斯

（幸灾乐祸地旁白）

有人要倒霉了！

克珊提阿斯

（挥拳击打）

滚开！别过来！

埃阿科斯

什么？你想打架？

喂，狄图拉斯，斯克布琉阿斯，还有帕多阿斯，

快来，给我打这无赖。

狄奥倪索斯

像他这样的一个贼，竟然还敢动手打人，

这不是一件可耻的事吗？

埃阿科斯

可耻之极。

狄奥倪索斯

真是可耻，荒唐。

克珊提阿斯

（被捉住，绑起）

宙斯可以证明，

我要是以前来过此地，
偷过你们一根毛发，情愿死掉。
我向你提出一个高尚的提议：
请你们逮捕我这家奴，拷问他，[1]
假若发现我有罪，就把我抓去杀掉。

埃阿科斯
怎么拷问？

克珊提阿斯
随你们的便：
给他身上压砖块，往他鼻子里灌酸醋，
剥他的皮，拷打他，把他吊起来，
用带刺的棍棒揍他，还可以用别的任何办法，
只是别用葱和嫩韭菜。

埃阿科斯
这倒是个好提议。如果打得太重，
把你的奴隶打残废了，我愿给你赔钱。

克珊提阿斯
我不要赔，你把他拉出去重重地揍。

埃阿科斯
不，我要他在这里，当着你的面承认。
快把行李放下，小子，记住，

---

[1] 酒神忘记了一个众所周知的习惯：被告可以提出让自己的奴隶接受酷刑来证明自己的无辜。

你要说真话。

狄奥倪索斯

站住，我不准你们
拷打我，我是神，如果碰伤了我，
你们要后悔的。

埃阿科斯

你在说什么？

狄奥倪索斯

我说我是宙斯之子，酒神狄奥倪索斯
他才是奴隶。

埃阿科斯

（向克珊提阿斯）

你听到了？

克珊提阿斯

他的话？听到了。
你们更应该揍他，
假如他真是神，不会感觉疼。

狄奥倪索斯

既然你也说你自己是神，
那你为什么不能像我那样挨棍棒？

克珊提阿斯
这话很公平,我们两人中
你们看见哪个挨打了先畏缩
或哭喊,那么你们就算他不是神。

埃阿科斯
我马上就看出,你是个真君子,
出言公正,你们就脱衣服吧。

克珊提阿斯
你如何公平地拷问我们?

埃阿科斯
很容易,
我让你们轮流挨一棒。

克珊提阿斯
好主意。
我们准备好了,来吧。
(埃阿科斯打他一棍)
你们看到我躲让了吗?

埃阿科斯
我打到你了。

克珊提阿斯

（作不相信状）

没有感觉到呀，宙斯作证。

埃阿科斯

嗯，那是"好像没有"。

现在我去揍那一个。

（打狄奥倪索斯一棍）

狄奥倪索斯

你何时打了？

埃阿科斯

我是打到你了呀。

狄奥倪索斯

打到我了？我怎么连个喷嚏也没有？[1]

埃阿科斯

真令人费解。我再去试试另外那一个。

克珊提阿斯

怎么不快点打？哎唷！

埃阿科斯

为什么喊"哎唷"？

---

1. 希腊人把打喷嚏视为承认属实。

你疼了吧?

克珊提阿斯

没有,我只是想到了
赫拉克勒斯在狄奥米亚[1]的欢宴。

埃阿科斯

他是个神,该轮到你了。

狄奥倪索斯

哎唷,哎唷!

埃阿科斯

疼了吧?

狄奥倪索斯

我瞧见了骑手们。

埃阿科斯

为什么淌眼泪?

狄奥倪索斯

闻到了洋葱的气味。

埃阿科斯

那么,你是不在乎啦?

[1] 雅典东门,在这门外的体育场举行的赫拉克勒斯节是很有名的。

狄奥倪索斯

（快乐地）

在乎？一点也不。

埃阿科斯

看来，我还得再去试那边那个。

克珊提阿斯

哎唷，哎唷！

埃阿科斯

什么？

克珊提阿斯

请你帮我把这根刺拔出来。

埃阿科斯

这不算什么。又该轮到这边这个了。

狄奥倪索斯

（尖叫）

阿波罗啊！

（平静地）

你，得洛斯的，皮托的。

克珊提阿斯

他畏缩了！你听到他叫了吗？

狄奥倪索斯

没有，绝没有叫，

那只是我回想起了希波那克斯[1]的一行诗。

克珊提阿斯

你没有用劲打。要把他的两肋打烂。

1. 一位抒情诗人，羊人剧作家。

埃阿科斯

真是个好主意。把你的肚皮转向我!

狄奥倪索斯

(尖叫)

海神波塞冬啊!

克珊提阿斯

瞧!他畏缩了。

狄奥倪索斯

(吟唱起来)

你统治着
爱琴海诸岛的山峰和溪流,
主宰着深蓝色的大海。

埃阿科斯

得墨忒尔作证,我还是搞不清哪个是神。
你们俩给我进屋去吧,
我的主人和冥后佩尔塞法萨,他们都是神,
很快就会弄清事实真相。

狄奥倪索斯

对了!对了!要是你在施予这些棍棒之前,
就能想到这一点,那该有多好呀!

(演员齐下,歌队留场,向观众说话)

插 曲

歌队

(短歌首节)

来吧,缪斯,光临我们秘仪者的歌队,

分享我们歌唱的喜悦。

啊!瞧一瞧,我们面前坐着的

无数的观众,出色的人群,

他们有无尽的智慧。

他们的光荣应高于克勒奥丰[1]——

在他能说两种语言的嘴上

有着他的族人——色雷斯燕子，

那栖息在蛮邦[2]树枝上的

鸟儿，阴暗不祥的啾啾声：

像夜莺般悲叹哭诉

他的末日即将来临[3]，

即使表决结果票数相等[4]。

歌队长

（后言首段）

神圣的歌队有责任给城邦以忠告，

教会她明智行事。我们首先主张，

让公民权利平等，不再担惊受怕。

如果有谁受了佛律尼科斯[5]的蒙蔽犯了错误，

应该帮助跌倒了的人现在站起来，

给他们[6]以悔改前非的机会。

我还主张把公民权归还雅典人。

须知，那是可耻的：奴隶只参加了一次海战，

你们便使他们成了自由人，还有普拉提亚人[7]。

（再说，在这些事情上我一点不想责备你们，

相反，我称赞你们做得明智。）

那些和你们一起长期在海上浴血奋战

赢得胜利的雅典人（他们的祖先也曾如此），

是我们的骨肉同胞。如果他们来恳求，

---

1. 民众领袖，他在此受到讽刺，主要是因为他从母亲那里继承了色雷斯的血统，故他亦被称为"说两种方言的人"。
2. 古希腊人通常认为"飞燕的歌"是"蛮族的""难懂的"（参见埃斯库罗斯的《阿伽门农》第1013行）。然而它常和"夜莺的歌声"联系在一起（参见普洛克涅与菲洛梅拉的传说），如此处。
3. 预言克勒奥丰将来必被处死。
4. 在此情况下他可以被宣布无罪。
5. 建立四百人议会的主要政治活动家。
6. 四百人议会的普通参加者。
7. 公元前427年普拉提亚灭亡后，人民获准取得雅典公民权。

你们同样应该宽恕他们仅仅一次的过失[1]。

啊，你们这些天赋最智慧的人，熄了怒火吧。

所有我们的同族人，凡自愿和我们同船

战斗的，让我们恢复他们的名誉和公民权。

如果你们拒绝这一要求，把城邦捧得忘乎所以，

如果你们这样使城邦陷入了灾难的深渊，

千秋万代之后人们会说我们的行为是多么愚蠢。

[1] 阿吉纽西海战胜利后八名民主派将军被判死刑，因为风大打捞死者失败。

歌队

(短歌次节)

啊,那些为自己的罪恶很快会吃到苦头的人,

倘若我能对他们的生活和结局看准的话,

我想,那个猴子般的矮子,

来自基摩洛斯岛的克勒格涅斯[1],

那个用硝石和强碱做成肥皂的

[1] 著名政治煽动家。

开澡堂子的骗子,
这个最邪恶的人,他骚扰
我们的时间不会长久了。
我看出这一点,是因为他不爱和平,
所到之处随身带着大棒,
防备人从他身上剥去衣服。

歌队长
(后言次段)
我经常有个梦想:我们城邦能乐意
选拔任用她最优秀最高贵的公民,
如同爱用古老的银币和新铸的金币。
是啊,这些纯正的货币,地道的雅典铸型,
被公认为一切货币中之最精美者,
无与伦比的工艺,在我们希腊人中
和遥远的野蛮人中普遍得到珍爱。
可现在,这些贵金属我们不用,偏要选用
低贱的铜币,用最低劣的金属铸造出来的。
同样,出身高贵,受过良好教育的雅典市民,
他们智慧,勇敢,正直,有道德,有价值,
在体育学校受过训练,能歌善舞,
对这些人我们却蔑视他们,侮辱他们。
而那些刚来的铜质外邦人,
卑微的父亲所生的卑微的儿子,
冒牌的公民,城邦以前甚至不屑
用他们代替羊羔作祭神的牺牲,

我们现在却总是选举他们。

愚蠢的人们啊，是你们纠正自己过失的时候了，

重新起用贤良之材吧！今后你们倘若获胜，

人们将归功于你们的明智；倘若失败，那至少也不会

败得丢脸，因为那是在一棵名贵的树上吊死的[1]。

---

[1] 古希腊有句成语"如果你一定要吊死，选择一棵名贵的树"。这里意指，如果一定要失败，也应该选你高贵的公民，而不是低贱的人执政。

第四场

(埃阿科斯和克珊提阿斯上)

埃阿科斯

救主宙斯作证,你主人真是个
高尚的人。

克珊提阿斯

高尚的人？

我的主人其实是个酒色之徒。

埃阿科斯

可是，你一个家奴充当主人，

当这个真相大白时，他没有揍你。

克珊提阿斯

那是因为他打不过我。

埃阿科斯

多好啊！这才像一个

真正的奴隶说的话，我也喜欢那样说话。[1]

克珊提阿斯

你喜欢，是吗？

埃阿科斯

喜欢？背后诅咒主子时，

简直觉得自己当了秘仪监督。

克珊提阿斯

当你挨了棍棒，朝门外逃跑时，

你喜欢口出怨言吗？

1. 埃阿科斯作为冥宫的守门人，在第一场和第三场中言行像个主子，现在和克珊提阿斯说话却像一个奴隶。

埃阿科斯

这我非常喜欢。

克珊提阿斯

爱管闲事,你觉得怎样?

埃阿科斯

没有什么比那更开心的了!

克珊提阿斯

宙斯啊,我这是遇到志同道合的人了。
偷听主人的秘密,怎么样?

埃阿科斯

那会叫我欣喜若狂的。

克珊提阿斯

然后,把这些消息泄露出去,你觉得怎么样?

埃阿科斯

宙斯可以作证,
做那样的事情时我觉得比玩女人还甜蜜。

克珊提阿斯

阿波罗啊!那么让你我的手握在一起。
吻一吻我,也让我吻一吻你。

（宫中传出喧闹声）
看在奴仆共同之神宙斯的分上，
请告诉我，这是怎么回事，里边这么喧哗
和吵闹。

埃阿科斯

那是埃斯库罗斯与欧里庇得斯在争吵。

克珊提阿斯

啊？

埃阿科斯

正在发生大事情，发生大事情，
死人里边正在发生空前的暴动。

克珊提阿斯

为了什么？

埃阿科斯

对于所有伟大
优秀的艺术，这里有一个风俗习惯：
谁在自己艺术同行中成就最高，
他就可以在长官餐厅用餐，
并坐在冥王的身旁。

克珊提阿斯

我明白了。

埃阿科斯

直到有另外一个在这门艺术上超过他的人
到来。那时,他必须让位。

克珊提阿斯

这怎么扰乱了埃斯库罗斯的安宁?

埃阿科斯

过去,悲剧的首席属于他,
因为在这种艺术上,他造诣最深。

克珊提阿斯

现在怎么了?

埃阿科斯

可是,自从欧里庇得斯来到下界,
他便在那些拦路打劫的
撬门入室的小偷和弑父者中——
这些人在死人中为数很多——
炫耀自己。他们听了他的那些
路转峰回的言辞,诬告与反驳,
对他狂热地崇拜,承认他是最有智慧的
悲剧作家。他因此自以为了不起,

夺取了埃斯库罗斯悲剧的首席宝座。

克珊提阿斯
他没有遭到攻击?

埃阿科斯
没有,民众喧嚷着要求进行评比,
看看到底谁的艺术高明。

克珊提阿斯
你是说那些无赖们?

埃阿科斯
是啊,他们嚷得响彻云霄!

克珊提阿斯
难道没有人支持埃斯库罗斯?

埃阿科斯
好人现在是寥若晨星,
(向观众望去)
像这里一样。

克珊提阿斯
冥王现在打算怎么办?

埃阿科斯

他想举行一次比赛,让他们
把自己的悲剧拿出来比一比。

克珊提阿斯

可是索福克勒斯呢?
他怎么没争悲剧的首席位子?

埃阿科斯

他没有,真的。他在来到地下时,
吻了埃斯库罗斯,和他握了手,
十分情愿地让他坐着首席,
不过,如克勒得弥得斯[1]所说,
现在他答应轮流坐庄。
如果埃斯库罗斯赢了,他乐意照旧,
否则为了艺术的缘故
他肯定要与欧里庇得斯决一死战。

克珊提阿斯

会发生这事吗?

埃阿科斯

宙斯作证,马上就会发生。
而且,就在这里会有奇事出现:
用秤来称诗歌艺术的分量。

---

1. 可能是剧中的一位主要演员,雅典人大多是从他口中听到有关索福克勒斯年迈退休后的情况。

克珊提阿斯

什么？像称肉那样[1]用秤来称悲剧的分量？

埃阿科斯

他们将拿出天平和测量单词的砝码，

还有定型用的长方框[2]。

克珊提阿斯

他们要做砖？

埃阿科斯

还有尺子和圆规：因为欧里庇得斯发誓

要一个字一个字地比一比他们的戏剧。

克珊提阿斯

我想这会惹怒埃斯库罗斯。

埃阿科斯

是的，

他皱起眉头瞪着眼睛，像一头发怒的公牛。

克珊提阿斯

谁来做裁判？

埃阿科斯

这倒是个难题。

[1] 将祭神的羊羔过秤。
[2] 做砖块用的长方形的木框。

有鉴赏能力的人很难找到：
因为埃斯库罗斯不受雅典人赏识。

克珊提阿斯
他或许认为盗贼太多。

埃阿科斯
他说其余的人对诗歌艺术
一窍不通，所以他们选择了
你的主人，因为他是诗艺的行家。
不过我们还是进屋去吧，因为主子
一有急事要办，我们就要挨打了。
（同下）

歌队
声如雷鸣的诗人马上就会勃然大怒，
一看见饶舌的对手站在他面前
磨着牙齿，那时他将转动着眼珠，
怒不可遏地望着他。
那时将爆发一场铜盔闪烁
羽饰乱颤的唇枪舌战，
精工细作的刻薄话将像刨花
一样纷飞，只要能击退
头脑机敏的对手的傲慢话语。
长发散披肩头，因气愤
他紧皱眉头，咆哮着投出

紧夹着的一大堆词语，其力量
足以摧折船上粗大的缆绳。
然而，这里也需要巧妙的言语，
像诡辩派智者那样创造词语，
慢慢地展开，斟字酌句，
精炼加工、剖析、贬低、诽谤，
说些妒忌的词语，然后用精致的
分析击败对手语言上的诡计。

第五场

（舞台场景已改变到了冥王的大殿内，冥王坐在他的宝座上，而酒神、埃斯库罗斯、欧里庇得斯在前台）

欧里庇得斯
你们别劝我啦；我是一定要争这首席

之位的，在诗艺上我胜他一筹。

狄奥倪索斯
埃斯库罗斯，你听见他的话了吗？为什么不开口？

欧里庇得斯
说话之前他先要摆架子，那是他
在自己所有的悲剧中惯耍的花招。

狄奥倪索斯
好了，我的好朋友，请你说话别夸大。

欧里庇得斯
我早已知道他，我早已把他看透，
他是一个粗野无礼、骄傲自大的人，
有一张不知约束的饶舌的嘴，
能不断地吐出响亮的夸张词语。

埃斯库罗斯
"真是这样吗，啊，你，菜地女神的儿子啊！"[1]
你这个爱收集胡言乱语的，
爱描述穷光蛋、爱缝破布的
家伙，是你在对我这么说吗？
你要为你的狂妄痛哭的！

[1] 戏拟欧里庇得斯剧中台词"真的吗，啊，海上女神的儿子啊！"大概是指忒提斯之子阿基琉斯。欧里庇得斯的母亲克里托卖过菜。

狄奥倪索斯

打住!

埃斯库罗斯,请不要激动,不要发怒。

埃斯库罗斯

等我把话说完。我要让你看清楚,
他是个创作瘾子的自吹自擂的家伙。

狄奥倪索斯

侍童们,快牵一头黑毛的羊[1],一头黑羊来!
一场风暴即将袭击我们。

埃斯库罗斯

你这个克里特女人相思独唱歌的收集者,
把乱伦之事写进自己作品的人啊!

狄奥倪索斯

克制,克制,最尊敬的埃斯库罗斯。
但是你,可怜的欧里庇得斯,你若明智的话,
趁早走吧,避开他无情的冰雹,
以免他抛出沉重的词语,把你,
还有你的《特勒福斯》[2],
打得头破血流,脑浆飞溅。
埃斯库罗斯,不要激动,心平
气和地彼此接受评判!两位
诗人像两个烤面包的女人

---

1. 为平息即将来临的风暴,祭神用。
2. 阿里斯托芬总是喜欢讽刺这部戏。

那样，互相骂街，多不体面！
可你现在像一棵燃烧着的橡树在咆哮。

欧里庇得斯

我已作好准备，决不退避。
我要把对话、歌曲，这些每出悲剧中的主要部分
都拷问和被拷问一遍，如果他乐意，让他先来。
我让我的《佩琉斯》《埃奥洛斯》《墨勒阿格罗斯》
接受拷问，当然还有《特勒福斯》。

狄奥倪索斯

你有什么提议？埃斯库罗斯，请说。

埃斯库罗斯

我本想在别处与他交锋，
在此较量，条件不平等。

狄奥倪索斯

有何不平等？

埃斯库罗斯

我的诗歌留在了人间[1]，而他的诗歌与他一起死了，
他把它们带到冥府，随时可以背诵出来。
不过，你若定要我们比一比，那就来吧。

1.《蛙》上演时，埃斯库罗斯是已故的诗人中唯一可把悲剧在雅典舞台上演出的诗人，这个特权是由雅典公民做出特殊裁决后授予的。

狄奥倪索斯

现在快去给我取火来,还有乳香[1],
在斗智开始之前,我要祈祷,让我
对这场比赛的裁判最符合艺术标准。
(向歌队)
你们用歌声乞求缪斯降临吧。

歌队

啊,缪斯,宙斯圣洁的女儿们,
洁白无瑕的九位女神,
从宁静的宫殿凝视着
人类微妙敏锐的智力,
请你们带着闪光的智慧
降临竞技的场所,
评判这场唇枪舌战的
摔跤,转动和扭打。
啊,降临吧!瞧一瞧
这两位敌对诗人的作为,
从他们口中飞出的言辞中
我们将学会语言的华丽与精细。
须知他们智力的
一场恶斗就要开始了。

狄奥倪索斯

你们俩,开始比赛前请先祈祷。

1. 乳香属植物茎皮渗出的一种树脂,燃烧时散发芳香。

埃斯库罗斯

得墨忒尔女神，我心灵力量的源泉，

啊，让我配得上您神秘的仪式！

狄奥倪索斯

（向欧里庇得斯）

现在该你敬香了。

欧里庇得斯

准备好了！

但我祈祷的不是这些神灵，是另外的神。

狄奥倪索斯

什么！你自己专有的新型的神灵？

欧里庇得斯

正是。

狄奥倪索斯

那么就向你这些自己特有的神灵祈祷吧。

欧里庇得斯

苍穹，我的牧场，流畅的语言，

聪敏的才智，犀利的嗅觉，

啊，让我能干净利索地击败他的戏剧！

第六场（对驳）

歌队

（首节）

我们也渴望听到这些

聪明人关于诗歌的

一场唇舌之战正在临近。

现在他们都已摆开阵势，

言辞激烈，怒气冲天，

双方都勇气倍增，

头脑迫切而又敏捷。

我们似乎可以预料，

一个将说出

巧妙的俏皮话，

另一个则将把一大堆词语

掷向对手，像连根拔起

一棵大树后所做的那样，

折裂之声响彻赛场。

狄奥倪索斯

现在你们开始辩论！

但你们要注意显示

真正的机智，而不要用比喻

或说些别人都会说的话。

欧里庇得斯

关于我自己，我将最后告诉你们

我在诗歌上的价值和要求。

这里我要先揭露

这个自负的家伙如何蒙骗了

一群观众，而这群傻瓜

在他来以前，已在普律尼科司那里

培养了对诗艺的欣赏趣味。

他惯用的手法是先让一个人

独自坐着，蒙着脸，

这人譬如说是阿基琉斯，或者尼奥贝，[1]

你看不到他脸，

他一言不发，

悲哀多么空洞无力。

狄奥倪索斯

确实如此。

欧里庇得斯

然后歌队进场，唱出一串

连续的四首抒情歌曲，

而哀悼者依旧一声不响。

狄奥倪索斯

这我倒也喜欢，有时候

我一样喜欢这些沉默，

不下于如今的那些喋喋不休。

---

[1] 指埃斯库罗斯的两个已散佚的剧本《弗律基亚人或赫克托尔的赎金》和《尼奥贝》，在前一出戏里，阿基琉斯身穿丧服，因失去帕特罗克洛斯而闷闷不乐，不肯进食。在后一出戏里，尼奥贝因她的六个儿子和六个女儿被阿波罗和阿尔忒弥斯杀死而神情呆滞、麻木。

欧里庇得斯

因为你是一头驴，

请相信我。

狄奥倪索斯

我也这样认为。

不过为什么他干得那样古怪？

欧里庇得斯

那就是他的骗术，

他想让观众坐在那里猜测

尼奥贝何时开口说话。

与此同时剧情在推进着。

狄奥倪索斯

啊，这无赖，他把我骗得好惨！

（向埃斯库罗斯）

你为什么跺脚，为什么烦躁不安？

欧里庇得斯

他怕我揭穿他。

他就这么胡扯了一阵，

这戏也就过去了一半。

接着他怒发冲冠眉毛紧锁，

像公牛发出可怕的吼叫，

说出一大堆观众听不懂的话。

埃斯库罗斯

哎呀，我真倒霉！

狄奥倪索斯

别说话。

欧里庇得斯

他没有一个字是说得清楚的。

狄奥倪索斯

（向埃斯库罗斯）

别咬牙切齿。

欧里庇得斯

他说的都是有关
斯卡曼德罗斯河边的战斗，
或壕堑后的军营，
或盾牌上铜做的狮身鹰首像。
都是些过分华丽的令人难解的词藻。

狄奥倪索斯

是的，天神作证，
我花了多少不眠之夜
苦苦思索，想弄清楚
那火红色的鸡头马[1]
到底是种什么动物。

[1] 埃斯库罗斯在《米尔弥多涅人》中用的词语，描绘战船船首。

埃斯库罗斯

那是刻在船上的标记，

你这傻瓜笨蛋。

狄奥倪索斯

我原以为是埃律克西斯[1]，

费洛克塞诺斯的儿子。

欧里庇得斯

悲剧中有必要引入一只公鸡吗？

埃斯库罗斯

你这个众神的敌人，

请问你的做法是什么？

欧里庇得斯

宙斯作证，我的悲剧中没有鸡头马，

你也见不到鹿头羊，

没有这些装饰在米提亚挂毯上的图像。

当初我从你手里接过诗艺时，

她臃肿，华而不实的词太多。

我先给她服用轻泻药，

让她慢慢瘦下来，

变得匀称利索。

再让她吃些磨碎的小词语，

配合锻炼，

1. 不详。

使用酸汤减肥。
然后再来一贴
从书[1]中提炼出来的健谈剂。
我还喂她
带有克菲索丰[2]味的轻巧独唱歌。
我的剧中人从不慢吞吞地说话，
也不胡说八道。
总是一上场首先把自己的来历
说得清清楚楚。

埃斯库罗斯
是的，他们的来历都比你好。

欧里庇得斯
戏一开场
我不让一个演员闲着不说话。
我让妇女说话，
奴隶说话也不比女主人少，
我让主人说，少女说，
也让老婆子说话。

埃斯库罗斯
那样放肆
难道你不该被处死？

---

[1]. 据说欧里庇得斯拥有当时最多的藏书。
[2]. 欧里庇得斯的家奴，据信他曾帮助欧里庇得斯进行创作。

欧里庇得斯

不，阿波罗作证，不。

那是我的民主方式。

狄奥倪索斯

最好别说什么民主了，

朋友，你这方面的履历不怎么好。[1]

欧里庇得斯

其次我教所有这些人雄辩。

埃斯库罗斯

你确是那样。

但我多么希望你做这之前

自己先被撕碎了。

欧里庇得斯

我引入了诗歌的标准

和吟诵的规则，

以便衡量、评判；

我筹划、安排，

以求峰回路转；

为讨人喜欢，

我窥视一切，探听一切。

1. 酒神在提醒欧里庇得斯。据说欧里庇得斯曾支持四百人集团，有反民主的倾向。

埃斯库罗斯

你确是那样干的。

欧里庇得斯

我展示给人们的是

大家熟悉的普通生活场面；

其中任何错误

都会立刻被大家发现。

我未曾用服饰华丽的库克诺斯或门农[1]，

或让他们马具上挂着铃铛，

让观众大吃一惊。

瞧一瞧他的学生，再看一看我的，

鲜明对照不言而喻。

他的学生是些鄙俗的墨盖涅托斯，

粗暴的福弥西奥斯，[2]

是些蓄着长须，挥舞长矛，吹着喇叭的人，

是些扳松木撕人肉的家伙[3]。

而我的学生呢？

是些灵巧聪明的特拉米尼和克勒托丰。

狄奥倪索斯

特拉米尼？一个狡猾得出奇的人；

即使被淹没在灾难的洪水之中，

他也能很快又站在了高处，

身上一点不湿。

先生，他是个字母 K，不是个字母 X。[4]

---

1. 库克诺斯是波塞冬之子，门农是晨光女神之子，都是特洛伊战争中特洛伊方面的盟军统帅，衣着和马具都有华丽的装饰。
2. 福弥西奥斯是当时颇有名气的守旧政客，政治煽动家。墨盖涅托斯不详。
3. 指传奇式的大盗西尼斯。他把两棵树拉在一起，再把受害者系在两树之间，当放手时，两棵树向相反方向弹回把受害者身体撕裂。这里用来讽刺埃斯库罗斯描绘时的夸张。
4. 讽刺特拉米尼是一个政治上的变色龙。

欧里庇得斯

我在剧中用争辩的逻辑

教会他们知识的方法,

并使所有的剧中人说话时

努力推断出如何与何故。

因此人们如今

会追溯源头,寻根究底,

而且更善于管理家政,

比以前聪明得多。

他们详察一切,研究:出了什么毛病?

是何原因?又,怎么会这样的?

狄奥倪索斯

是啊,众神作证,现在没有

一个雅典人回到家里

不立即开始四处查看,

并对家人大声嚷嚷:

"喂,陶钵哪里去了?"

"谁吃了鲍鱼的头?"

"我去年才买的水罐怎么就坏了?"

"昨天买的蒜头怎么不见了?"

"谁吃了这里的橄榄?"

这时最迟钝的家人们

吓得目瞪口呆,

像米利提德斯[1]那样。

[1] 当时雅典有名的傻子,他的名字成了愚痴者的代名词。

歌队

（次节）

"这一切你看到了，出色的阿基琉斯。"[1]

对此你有什么要说？用缰绳

控制住自己，以免你的暴躁

脾气把你甩出橄榄树界外去。[2]

对手的控告很厉害，

要看你如何对答了，高贵的人。

耐着性子，别生气，

不要以骂对骂。

要像水手那样，

收缩风帆，避开狂风。等到风顺浪平时，

再一点点加快船速，进攻或灵活地防守。

你，竖起崇高语言丰碑，使悲剧金光四射的

希腊第一诗人啊，大胆地倾注出你的灵泉吧。

埃斯库罗斯

这样的遭遇使我怒不可遏，

和这样的家伙争论，我真不情愿。

但是，为了不让他以为我认输了，我只好应战。

请问：诗人因为什么应得到赞扬？

欧里庇得斯

因为他的机智和教导，因为他使城邦的公民

变得更好。

[1] 埃斯库罗斯《米尔弥多涅人》的首行诗歌。这里借用这句话开始对埃斯库罗斯说话。
[2] 古希腊、罗马椭圆形露天赛马场顶端植一排树，马到此拐弯再往回跑。

埃斯库罗斯

那么，如果你做的正好与此相反，
你把高尚有德的人
变成了坏人，
请问该当何罪？

狄奥倪索斯

该死。不用问他了。

埃斯库罗斯

想一想，当初他从我这里接收的
是些什么样的人？
都是些身高六尺的堂堂英雄，
从不逃避公民的义务；
不是如今那样的
懒汉、骗子或无赖。
他们是手持投枪长矛，
头上鬃毛雪白的勇士，
他们在头盔、护胫
和七层牛皮后面有一颗勇敢的心。

狄奥倪索斯

我知道，他又要用盔甲来吓我了，
这事情越来越糟了。

欧里庇得斯

请问，你是用什么办法
使他们变得这么伟大崇高的？

狄奥倪索斯

埃斯库罗斯，你倒是说话呀！
别在那儿傲慢地生气呀！

埃斯库罗斯

我写过一部充满战斗精神的剧本。

狄奥倪索斯

叫什么名字？

埃斯库罗斯

《七将攻忒拜》，
不管谁看了，都会急着要奔向战场。

狄奥倪索斯

哎呀，你那是做了一件坏事情，
你使忒拜人[1]变得更加勇敢，
更加渴望战争。
你因此应当挨打。

埃斯库罗斯

你们自己本来或许也想做英雄的，

---

[1] 忒拜人这时是斯巴达的盟友，雅典的敌人。

但现在你们不想了。[1]
然后我写了悲剧《波斯人》，
赞美了这世界所能展示的最高尚的业绩，[2]
想让你们每一个人都渴望得到胜利的花环，
为此去战斗，去征服自己国家的敌人。

狄奥倪索斯

我承认，听到歌队哭喊着已故的
大流士，我真是开心，
当歌队一出来就像这样一起拍着巴掌，
拖长声调哭呼着"万岁！"[3]的时候。

埃斯库罗斯

是啊，这才是诗人应有的作品，
只需想一想，你们就会明白：
高尚的诗人，歌曲的大师，他们一开始
就是为了把你们教育成高尚之人。
首先，奥尔甫斯[4]把宗教仪式
传授给你们，使你们不再要谋杀；
墨塞奥斯[5]则教会了你们
治疗的技术和神谕的学问；
赫西奥德[6]教你们种地，
传授你们：何时采集、何时耕作；
还有神圣的荷马，他的光荣
难道不是来自他
对勇敢、荣誉和正义的赞美，

1. 战争本来是雅典人首先挑起的，到公元前405年时雅典败局已定。
2. 剧本写的是希腊人在对波斯人的战争中打败了对方。
3. 此处是呼唤已故的大流士。
4. 古希腊诗人和歌手，善弹竖琴，弹奏时能使猛兽舞蹈、顽石点头。
5. 阿提克的预言歌手和诗人，奥尔甫斯的学生。
6. 希腊公元前8世纪诗人，作长诗《工作与时日》，劝诫其弟改恶从善，歌颂劳动，介绍农事知识。另作长诗《神谱》，叙述希腊诸神的世系与斗争。

对军阵、武装、威武的歌颂？

狄奥倪索斯

啊，是的。不过，我想，
他没有教会潘达克勒斯这笨蛋，
因为当他前天在歌队中出场时，
我不知道他怎么的，
头盔先已戴好了，
这时才往上系鬃饰。[1]

埃斯库罗斯

可他教会了许多人，不少是勇士，
其中拉马科斯[2]就是一位真英雄。
因此，我采用了那样的风格，
描绘出许多勇猛的首领，
帕特罗克洛斯，透克罗斯，这些名字
多么光辉耀人。我多么希望公民们
听到战斗的号角时，能竭尽全力，
仿效他们那样的伟大与高贵。
可是，菲德拉与斯特涅波娅[3]？不！
我不会让淫妇的勾当坏了我的戏剧，
在我所有的作品中，从未描写过
任何害相思病的女人。

欧里庇得斯

那是因为你没有得到过爱神

---

1. 潘达克勒斯在入场前忘记把鬃毛插上头盔。
2. 西西里远征中的三位将军之一，在阿里斯托芬的《阿卡奈人》中受到嘲笑，但在此作为一个典型的战士。
3. 两个婚外恋者。菲德拉是雅典王提修斯妻，爱上了继子，后者是阿尔戈斯王普罗托斯之妻，爱上了著名英雄贝勒罗丰忒斯。

阿佛洛狄忒的恩惠。

埃斯库罗斯
谢天谢地。
可是，那个强有力的女神重重地
坐在了你和你那些剧上了，
终于把你压倒在地。

狄奥倪索斯
宙斯作证，的确是这样。
你的戏表演的是怎么做"乌龟"，
瞧，这不正是你自己遭到的命运？ [1]

欧里庇得斯
可是，你告诉我，你这个硬心肠的男人，
我的斯特涅波娅对城邦有什么伤害？

埃斯库罗斯
许多贵妇人，高贵公民的妻子
喝下铁杉离开了人世，
因为受了你《贝勒罗丰忒斯》
场面中的那羞辱。

欧里庇得斯
难道我叙述菲德拉热烈
爱情的故事不真实？

[1] 据说欧里庇得斯的一位妻子与克菲索丰有不检点行为，也有人说他的两个妻子对他都不忠。

埃斯库罗斯

那倒不是。但是，高尚的诗人
不应当宣扬那些下流的坏事，
更不应该在舞台上展示给观众。
老师们在学校里对孩子们讲道德
我们诗人则是成年人的老师，
我们永远应当讲合乎道德的事。

欧里庇得斯

你对我们讲吕卡贝托斯峰[1]
和帕尔那索斯山上的巨岩，
请问那是在讲好事，教人德行吗？
我们应当讲人的话。

埃斯库罗斯

唉，可怜虫啊，
表达高尚的思想和理想，
必须创造出高尚的语言来。
英雄和神样的伟人说话
应该用庄严华丽的词藻。
须知他们穿的衣袍也比凡人华贵呀。
这是我奠定的艺术规则，
可是你，一开始就把我的规则糟践了。

欧里庇得斯

怎么会呢？

1. 雅典东北部的一个孤立的石峰。

埃斯库罗斯

你让国王和贵人们穿上破烂不堪的衣服，

想引起人们对他们的怜悯与同情。

欧里庇得斯

我倒想知道，这又有何妨？

埃斯库罗斯

因此富裕的公民没人再愿意为城邦装备战舰了；[1]

他们穿上破衣烂衫，哭着说自己穷。

狄奥倪索斯

得墨忒尔作证，他们破衣服下面穿着厚厚的毛衣呢。

在这么哭了一顿穷之后他们会直奔鱼市场而去。

埃斯库罗斯

你还教会了所有公民胡言乱语、闲扯没完、争辩不休。

你使所有体育学校的训练场地冷冷清清，空无一人。

你教会我们的年轻人和长辈顶嘴，讨价还价，

教会水手跟船长提出抗议，听到命令拒不执行。

我活着时就曾告诉过你们，那些无赖什么都不懂，

除了闹着要口粮和喊"吭唷！吭唷！"[2]

狄奥倪索斯

阿波罗作证，他们还在使劲划桨时对着下层桨手的脸放屁，[3]

还有人偷吃同桌人的菜汤，上岸抢劫过路人的衣服。

---

[1] 为城邦装备一艘三列桨船，这是雅典要求富裕公民的义务之一。

[2] 划桨时为保持节奏一致而唱的号子。

[3] 海船桨手座位分三层。划桨动作先躬身向前，然后向后拉成仰面姿势。

如今他们闲扯、争吵，不肯划船，
让船只漫无目的地来回漂荡。

埃斯库罗斯

什么坏事不是他引起的？
想一想他描绘的：
鸨母、拉皮条者，
在神殿内生产的女人；
和亲兄弟私通的，
还有宣称"活着就死亡"的。

所以，如今城邦里云集了一些小书吏，
猴子般的民众领袖——他们
总是在蒙骗雅典的公民。
他的戏里就是没有受过良好训练、
高举火炬、参加赛跑的体育健儿。

狄奥倪索斯
宙斯作证，你说得对！在泛雅典娜节，
一个苍白无力
大腹便便的青年想参加赛跑，
他拖着沉重的脚步，头朝前伸着，
远远地落在人群的最后，喘着气。
看到他那副模样，我笑痛了肚子。
瞧，克拉墨科斯人在门口开始打他，
朝他的肋骨、肚皮、两胁、屁股，
最后他挨了一记耳光，
放了一个屁
吹灭了火炬，逃之夭夭。

歌队
（首节）
争论激烈，怒气冲天，一场恶斗正在逼近。
现在他们还难分胜负，
一个是狂风暴雨般地发怒，
另一个是紧逼对手，力图从后面出击，
不能坐等，不是磨蹭的时候，

进攻防守的办法计策多得很。

你们接着干，以各种办法较量：

述说、辩论、争吵：

关于老的、新的艺术，

努力把话说得优雅点、智慧点。

（次节）

如果你们担心观众缺乏艺术的鉴赏能力，

不能充分评价你们

精巧微妙的思想，

别担心，情况并非如此。

所有人此前都参加过战役，

他们每个人都读过书，

都分得清真假。

他们秉性聪慧，而且刚经过

磨炼，变得犀利敏锐。

别担心他们智力不足。

你们放心大胆地开战吧，应当相信，

这些观众会对你们论功行赏的。

欧里庇得斯

好吧，让我来研究一下你的开场白，

它是悲剧的第一部分，

我要首先称一称你值得称赞的艺术，

须知，他在叙述事实时，也是含糊不清的。

狄奥倪索斯

你要称什么?

欧里庇得斯

太多了。请先读一读

《奥瑞斯忒亚》三部曲[1]中的那几句有名的话。

狄奥倪索斯

啊,大家安静!好了,埃斯库罗斯,开始吧。

1. 这三部曲包括《阿伽门农》《奠酒人》《复仇神》。

埃斯库罗斯

"下界的赫尔墨斯啊，父权的机敏守护者，[1]
愿您今日成为我的救星，给我援助，
因为我来到了这地方，我回来了。"[2]

狄奥倪索斯

有什么缺点？

欧里庇得斯

起码有一打的错误。

狄奥倪索斯

什么！台词总共也只有三行。

欧里庇得斯

但是，每一行都有二十处毛病。

狄奥倪索斯

埃斯库罗斯，保持安静，否则
你将无法用三行抑扬格的诗开场。

埃斯库罗斯

对他保持冷静？

狄奥倪索斯

如果你肯接受我的忠告。

1. 赫尔墨斯在这里作为下界鬼魂的接引者，又作为他父亲宙斯"救星"称号的使者。
2. 这几行诗是《奠酒人》的开头。

欧里庇得斯

你瞧，一开头就有一个天大的毛病。

埃斯库罗斯

（向狄奥倪索斯）

你看出你的愚蠢了吗？[1]

狄奥倪索斯

随你怎么想，我无所谓。

埃斯库罗斯

（向欧里庇得斯）

我哪儿有错？

欧里庇得斯

这几行你再朗诵一遍。

埃斯库罗斯

"地下的赫尔墨斯啊，父权的机敏守护者……"

欧里庇得斯

这就是奥瑞斯忒斯[2]在他被害的
父亲坟墓前说的话吗？

埃斯库罗斯

是的，没错。

---

1. 意指："你敦促我保持安静，这是愚蠢的。"
2. 《奥瑞斯忒亚》三部曲主角。其父为阿伽门农。

欧里庇得斯

那么，他的意思是说，当他父亲

因遭到骗术和暴力而死于一个女人之手时，

骗术之神正在守护着这样的暴力？

埃斯库罗斯

不是那个神[1]，他在墓前求的是

救星赫尔墨斯。为了说明这一点，

他补充说，这是他父亲赋予他的权力。[2]

欧里庇得斯

那就没有比这更糟的了。假如他从他父亲要求的是

获得坟墓的权利，那么——

狄奥倪索斯

他是他父亲坟墓的盗墓者。

埃斯库罗斯

狄奥倪索斯啊，你是喝了发了霉的陈酿。

狄奥倪索斯

对他再读下面两行。

（向欧里庇得斯）

你，把他的毛病都找出来。

---

[1] 骗子小偷的守护神赫尔墨斯。

[2] 这一行有三个"他"字。第一个"他"指奥瑞斯忒斯，后两个"他"是指赫尔墨斯。其中"他父亲"指"救星宙斯"。下面欧里庇得斯和狄奥倪索斯联手曲解这句话，把三个"他"都解作奥瑞斯忒斯。

埃斯库罗斯

"愿您今日成为我的救星，给我援助，
因为我来到了这地方，我回来了。"

欧里庇得斯

同一件事情，聪明的埃斯库罗斯对我们说了两遍。

狄奥倪索斯

怎么说了两遍？

欧里庇得斯

你想一想，听我来解释。
他说"我来到"，又说"我回来"，
"来到""回来"，不是一回事吗？

狄奥倪索斯

确实如此，就像你说"伙伴，借我
一只揉面团的槽"，同样也可以说
"一只在里面揉面团的槽"。

埃斯库罗斯

不对，你这喋喋不休的人，
它们并不完全相同，我用的这些台词很确切。

狄奥倪索斯

怎么会不一样？告诉我你是如何使用这些词语的？

埃斯库罗斯

一个没有被赶出自己家园的人，可以"来到"

任何国土而不需要什么特殊的机会；

但一个回家的流放者，

他既是"来到"，又是"回来"。

狄奥倪索斯

阿波罗作证！说得好！

欧里庇得斯，你有什么可说的？

欧里庇得斯

我说奥瑞斯忒斯从未"回来"过，

他是秘密地来到，没有人召他回来。

狄奥倪索斯

赫尔墨斯作证，说得好！

（旁白）

他的意思我丝毫没懂。

欧里庇得斯

再来一句台词。

狄奥倪索斯

是的，埃斯库罗斯，快说一句。

你呢，注意他的毛病。

埃斯库罗斯
"在这坟丘上,我呼唤父亲,
听着,倾听着。"

欧里庇得斯
他又犯老毛病了。
"听着""倾听着",完全是一回事。

狄奥倪索斯
倒也是。不过,你这个无赖,
他是在对死人说话,
即使呼喊他三遍,
死人也听不见。

埃斯库罗斯
那么,请问你的开场白是怎么写的呢?

欧里庇得斯
你听好了。
如果发现有任何重复的地方
或毫无用处的冗词赘句,
你可以朝我脸上吐唾沫。

埃斯库罗斯
快说,我太兴奋了。让我听一听
你的那些精当而又无瑕的开场白。

欧里庇得斯

"当初奥狄浦斯是个幸福的人。"[1]

埃斯库罗斯

宙斯作证,不对。他从来是个不幸的人。
他出生前,他母亲还没有怀他时,
阿波罗就预言:他将来
会成为杀父的凶手。
他怎么可能当初是个幸福的人?

欧里庇得斯

后来他才成了最不幸的人。

埃斯库罗斯

宙斯作证,不对!他一直就是个不幸的人。
因为,他刚生下来时,父母就把他放在一只
泥土做的瓦罐里丢出去,而且还是在寒冷的冬天,
为的是不让他长大了成为杀父的凶手。
后来,他带着刺穿、肿胀的双踝,
跛行逃到波吕玻斯[2]那里。后来他年纪轻轻,
却娶了一位干瘪老太婆,
谁知那是他母亲,他挖掉了自己的双目。

狄奥倪索斯

如果当时他是埃拉西尼得斯的同僚,
他就确实幸福了。[3]

---

1. 欧里庇得斯《安提戈涅》中的开头一行。
2. 科林斯的国王,收养奥狄浦斯。
3. 意思是:如果他当时是个盲人,就不需要像埃拉西尼得斯将军那样加入舰队,也不会在阿吉纽西海战胜利后,反被公民大会判处死刑,像埃拉西尼得斯将军及其同僚那样了。这是在对埃拉西尼得斯将军等人被处死表示同情。

欧里庇得斯

一派胡言乱语。我认为我的开场白写得很好。

埃斯库罗斯

不,宙斯作证!我不想再一句一句地审查
你的词语,而是凭借众神的力量,
用一只小瓶子来击败你的开场白。

欧里庇得斯

你用一只小瓶子来击败我的开场白?

埃斯库罗斯

只用一只。
你的抑扬格开场白,每个地方
都能插上"一只小瓶子",
或"一小张羊皮",或"一只小口袋"
我立刻就能证明给你看。

欧里庇得斯

你能够证明?你?

埃斯库罗斯

能。

狄奥倪索斯

那还不快读?

欧里庇得斯

"埃吉普托斯,与他的五十个儿子

航行在海上,正如古代传说的那样。

他们来到了阿尔戈斯。"

埃斯库罗斯

"丢失他的小瓶子。"[1]

欧里庇得斯

这跟小瓶子有什么关系?沾不上边。

狄奥倪索斯

再给他来一段,让他再来试一次。

欧里庇得斯

"狄奥倪索斯身披鹿皮,

手举酒神杖,

在帕尔那索斯山上

在歌队中舞蹈。"

埃斯库罗斯

"丢失了他的小瓶子。"

狄奥倪索斯

哎呀!我们被击中了——又是那瓶子!

---

1. 被审查的开场白六处,每一处,在第三行结尾处,这关键的词语"一只瓶子"插入后,不仅在古希腊语语法上正确,而且诗行的音步也合适。

欧里庇得斯

啐！这算不了什么。我再读一段开场白，

让他再也粘不上那瓶子。

"人没有样样事情都幸运的，

有的人出身高贵，却穷得要死，

有的人，出身低贱……"

埃斯库罗斯

"丢失了他的小瓶子。"

狄奥倪索斯

欧里庇得斯！

欧里庇得斯

什么事？

狄奥倪索斯

收下你的风帆吧，我的孩子。

这小瓶子要刮起大风了。

欧里庇得斯

哈，得墨忒尔作证，我一点不怕。

等着瞧吧，我马上就要击落他手里的瓶子。

狄奥倪索斯

那就继续吧，可要当心那瓶子。

欧里庇得斯

"有一天，卡德摩斯离开了西顿城，
这阿革诺尔之子……"

埃斯库罗斯

"丢失了他的小瓶子。"

狄奥倪索斯

哎哟，我的伙计，你干脆买下他那瓶子吧，
免得他把我们的开场白全击碎了。

欧里庇得斯

我去向他买？

狄奥倪索斯

如果你肯听我的忠告。

欧里庇得斯

不，不，我还有许多开场白要说，
那些话他那瓶子粘贴不上。
"坦塔洛斯之子佩洛普斯，驾着他的那些快马
去皮萨的时候……"

埃斯库罗斯

"丢失了他的小瓶子。"

狄奥倪索斯

你瞧!他又把瓶子粘上去了。

啊呀,我的好人,想方设法

把钱付给他吧。你用一个奥波尔

马上就可以买到它,一只崭新的瓶子。

欧里庇得斯

我以宙斯的名义发誓,还没呢。我还有许多开场白呢。

"奥纽斯在一次收获时……"

埃斯库罗斯

"丢失了他的小瓶子。"

欧里庇得斯

请你让我把第一行朗诵完。

"奥纽斯在一次收获丰硕的果实,

把第一批果实献给神时……"

埃斯库罗斯

"丢失了他的瓶子。"

狄奥倪索斯

在献给神灵的时候?咄!是谁偷走的?

欧里庇得斯

哎呀,你别总是打岔!让他来试试这一个!

"宙斯啊，故事说得像真的一样……"

狄奥倪索斯

你要死了，他又要插那句"丢失了他的瓶子"了，
这小瓶子总是粘在你的开场白上，
就像眼睛上患的麦粒肿。
看在众神的分上，转向他的歌曲吧。

欧里庇得斯

好吧，我可以轻而易举地证明：
他写的歌曲很笨拙，听上去都是一个调子。

歌队

马上要出什么事啦？
我们思忖着：
在这位诗人的歌曲里
他能找出什么毛病？
须知，在过去和现在的诗人里
数他创作的歌曲
最多最美。
我怀疑，对这位悲剧之王
他能提出什么指控来。
我担心的倒是他自己。

欧里庇得斯

美妙的歌曲！你很快就可以看到。

我把他所有的歌曲化成一个样子。[1]

狄奥倪索斯

我拿些鹅卵石来准备计数。[2]

欧里庇得斯

"佛提亚的阿基琉斯啊！为何听到了杀人的——[3]
哎，打击，你不来援助？[4]
我们这些居住湖畔的人们正在向祖先赫尔墨斯致敬。
哎，打击，你不来援助。"

狄奥倪索斯

哎呀，埃斯库罗斯，你已经被击中两次。

欧里庇得斯

"阿特柔斯之子[5]
阿开亚人中最大的王，听着，听我说。
哎，打击，你不来援助。"

狄奥倪索斯

第三次，埃斯库罗斯，你被击中三次了。

欧里庇得斯

肃静！"阿尔忒弥斯的女仆马上要打开她的庙门了。
哎，打击，你不来援助。
我能预言英雄们一路顺风。

---

1. 欧里庇得斯攻击埃斯库罗斯的合唱歌单调乏味。他的诗句不管如何开始，总是滑入荷马六音步扬抑抑格。
2. 本页第 3 行（*佛提亚的阿基琉斯啊*）至次页第 1 行（*哎，打击，你不来援助*）的三段朗诵，为欧里庇得斯引自埃氏的不同悲剧。此时笛子开始奏响，作为伴奏延续至朗诵结束。
3. 据考证这句话取自埃斯库罗斯《米尔弥多涅人》。
4. 欧里庇得斯在下面四次重复这一行仅仅是因为它的音步。内容是风马牛不相及的，这样的单调韵律正是他在此所要批评的。欧里庇得斯每接上一次"哎，打击……"，狄奥倪索斯便算是对埃斯库罗斯的一次"打击"。
5. 即阿伽门农。

哎,打击,你不来援助。"

狄奥倪索斯

神王宙斯啊!那么多的打击!
我要去沐浴了:我敢肯定
我的肾一定被打肿发炎了。

欧里庇得斯

等一等,你听完另一组歌曲后再走,
那是从他里拉伴奏的歌曲中选出的。

狄奥倪索斯

那好吧,接着说,但请你不要再用那些打击了。

欧里庇得斯

"当阿开亚人的两位统帅,希腊的精英……[1]
弗拉托特拉托[2],弗拉托特拉托。
他派出了斯芬克斯,可怕的吃人母狗……
弗拉托特拉托,弗拉托特拉托。
她带着长矛和惩罚的右手,这凶恶的猛禽……
弗拉托特拉托,弗拉托特拉托。
他把奖品给了翱翔在空中的迅猛的雄鹰,遇上了……
弗拉托特拉托,弗拉托特拉托。
被转向埃阿斯的……
弗拉托特拉托,弗拉托特拉托。"

1. 这一行是由埃斯库罗斯的《阿伽门农》第108—109 行改写成的,下第 4 行(*她带着长矛和惩罚的右手*)是由《阿伽门农》第 111—112 行改写成的。
2. 拟里拉伴奏时的琴声,没有词意。节奏稍异于六音步扬抑抑格。

狄奥倪索斯

什么"弗拉托特拉托"?从马拉松
或从哪里搜集来这些搓绳索者的歌?

埃斯库罗斯

从最高贵的源头,我把它们带到了
这最崇高的目的地。[1]
我不愿意在缪斯圣洁的田野里
采撷普律尼科司那样的花儿。
他是从一切腐朽的东西中

[1]. 从荷马史诗到雅典戏剧。

吸取歌曲，从卡里亚人的笛曲，

米勒托斯[1]的轮唱曲，还有一些舞曲和挽歌，

你们很快就会听到。把里拉拿给我。

可是，演奏这类歌曲何必用里拉？

叩击响板的人在哪里？

欧里庇得斯的缪斯[2]，出来吧。

什么样的诗神唱什么样的歌曲。

狄奥倪索斯

这缪斯并不生自勒斯博斯[3]。

埃斯库罗斯

翠鸟啊，在不停地跳动着的海波上[4]

可以听到你的唧唧声。

你让晶莹的水滴

溅湿了一身羽毛。

在屋顶下的角落里

蜘蛛吐出黏性的丝，

吃力地编织着网。

歌声来来回回。

在船尾，在深蓝色的海面上，

爱听笛声的海豚灵活地跳跃着。

神谕和竞技场。

---

1. 悲剧诗人，后来指控苏格拉底的三人之一，似乎也曾写过宴会上的情歌。卡里亚人的笛曲可能亦属此类。
2. 这时一演员扮演一花哨的妓女，碰响着两片牡蛎壳。埃斯库罗斯呼唤其为欧里庇得斯的缪斯。
3. 音乐家和抒情诗人特尔潘德出生在勒斯博斯岛。
4. 这一行至次页第3行（*拥抱我吧*）是一串真实的或戏拟的欧里庇得斯的词，相互间没有意义上的联系。

葡萄新枝的翠色，
葡萄的藤令人忘了痛苦。
拥抱我吧，啊，孩子，用手臂。
（向狄奥倪索斯）

你看清这个音步了？¹

狄奥倪索斯
看清了。

埃斯库罗斯
还有这个呢？²

狄奥倪索斯
也看清楚了。

埃斯库罗斯
（向欧里庇得斯）
你，写出这样一些东西的人，
竟敢来责备我的歌曲；
你这个用库勒尼风格写作³的人！
这些东西不足挂齿，可我仍想让别人
再来看一看你独唱琴歌的写法。⁴
"啊，黑沉沉的夜，
这幻景意味着什么？
它来自看不见的世界

---

1. "拥抱我吧"用的是抑抑扬格音步。
2. 指向他的另一音步。
3. 充满了像宫廷诗人库勒尼那么多的花招。
4. 埃斯库罗斯现在即席演唱欧里庇得斯风格的独唱琴歌，大量使用了欧里庇得斯的庄重与高雅的悲剧语词描述日常琐事。这里叙述的是一位孤苦的纺织女。她做了个噩梦，醒来时发现邻女格吕克偷走了她的一只公鸡。

充满可怕的预兆，

一个没有生机的生物，

一个黑夜的孩子，

恐怖得让血都凝结的景象，

戴着阴森的黑色面纱，

目露谋杀的凶光，

还有巨大的利爪。

女佣，你们给我点亮灯笼，

拿水罐去溪中汲水，把水烧热，

让我洗掉噩梦的效果。

哎呀，海神！我的梦应验了。

喂，屋里的人，

你们看这可怕的怪事。

格吕克逃跑了，

偷走了我的公鸡。

马尼亚[1]啊，快来！

山岩神女啊，快追！快追！

我一个可怜的女孩，正在专心致志地

干着自己手里的活儿，

转动我的手，纺绩我的线，

纺出一筒管的羊毛线，

想着'明天一大早天还没亮，

就出门去赶集，出售我的毛线。'

可是，她展开轻盈的双翅

朝着蓝天向上飞啊，向上飞；

给我留下悲叹啊悲叹；

1. 另一纺线女。

眼里流出的泪水啊泪水,

像我这样丧失父母的孤女,

不得不淌泪啊淌泪。[1]

啊,克里特人,伊达山的儿子们,

拿起你们的弓快来援救;

你们迈开轻快的脚步,

围着她的家站成一个圈子。

啊,阿尔忒弥斯,美丽的女神,

啊,狄克图那,狩猎女神,

带上你们嗅觉灵敏的猎犬,

与我一起彻底搜查这房屋。

啊,赫卡忒,手持光明的火炬,

啊,宙斯的女儿,举起您

敏捷的双手,左手和右手;

把您的光照进格吕克的农舍,

让我可以凭借月光走进去

搜寻我被盗的东西。"

狄奥倪索斯

你的琴歌,我听够了。

埃斯库罗斯

我也唱够了。

现在我要让那家伙上秤,

只有用秤才能检验出我们诗歌的分量,

才能证明谁的词最有分量,他的还是我的。

[1] 欧里庇得斯常在诗歌中使用重复的词语。这里埃斯库罗斯在讽刺这种风格。

狄奥倪索斯

那么你俩到这儿来，因为我们必须
像称奶酪一样来称你们的诗艺。[1]

歌队

哎呀，这些才子们多么费劲！
哎呀，他们将要做一些
别出心裁、疯狂、极端的事情！
除了他们谁还会想出这样的办法？
你们瞧，要是有人在街上遇见我，
把这件事情告诉我，我会以为
他是企图欺骗我；我会以为
他的故事是捏造、骗人的，
我决不会相信有那样的事情。

狄奥倪索斯

你们俩各站在秤的一端。

埃斯库罗斯与欧里庇得斯

我们已站好。

狄奥倪索斯

朗诵你们诗句时，紧紧地握住它，
不要松手，直到听见我叫一声"咕咕"。

1. 这时一个大的天平被搬上了舞台。

埃斯库罗斯与欧里庇得斯

准备好了！

狄奥倪索斯

好，把你们的诗歌朝秤里掷吧。

欧里庇得斯

"啊，但愿阿尔戈当时没有飞走[1]——"

埃斯库罗斯

"斯佩赫奥斯河[2]，丰茂的牧场——"

狄奥倪索斯

咕咕！放手。嗨，瞧，他的一端
下降的幅度更大。

欧里庇得斯

什么？怎么会那样？

狄奥倪索斯

就像卖羊毛的人浸湿他的羊毛一样，
他掷进了一条河，使它的分量更加重了。
但你抛进去的是一个轻的、带翼的字[3]。

欧里庇得斯

再来，让他再来与我的诗句比一比。

---

1. 欧里庇得斯《美狄亚》的第一行。以下引用的其他诗行均不见于现存的剧本。
2. 特萨利亚南部的一条河。
3. 阿尔戈号是希腊英雄们乘了去取金羊毛的船，其快如飞，故有"带翼"之说。

狄奥倪索斯

各人回到秤上去。

埃斯库罗斯与欧里庇得斯

准备好了。

狄奥倪索斯

朗诵你们的诗吧。

欧里庇得斯

"劝说之神唯一的殿宇就是话语。"

埃斯库罗斯

"死神是唯一不爱礼物的神。"

狄奥倪索斯

够了够了。他的一边又下沉了。
他放进了死亡,这最重的灾难。

欧里庇得斯

但我的"劝说",是个最可爱的词。

狄奥倪索斯

那个词空洞,毫无分量。
考虑一下,用一些分量重的诗句
把你的秤压下去,用某种强大的东西。

欧里庇得斯

我哪里有这样的句子?哪里有?让我想想。

狄奥倪索斯

我来告诉你。

"阿基琉斯掷了两个骰子和四个骰子。"[1]

快朗诵呀,这是最后一次过秤了。

欧里庇得斯

"他的右手抓起一根包铁的大棒。"

[1]. 欧里庇得斯在《特里福斯》里,一开场就展示希腊的英雄们正在掷骰赌博。这个场面曾遭到强烈的嘲讽,以致在修改后的剧中他删除了这个场面。此处,酒神不怀好意地建议他用这一行诗。

埃斯库罗斯

"抛出的战车一辆又一辆,尸体一具又一具。"

狄奥倪索斯

你瞧!他又赢了。

欧里庇得斯

赢我?怎么会呢?

狄奥倪索斯

他投进了两辆战车,两具尸体。
一百个埃及人也抬不起那样的分量。

埃斯库罗斯

我不想来和他"一行对一行"地比赛了。
让他自己,他的孩子们,
他妻子和家奴克菲索丰一起站到天平上,
让他手里捧着他所有的书,
我的二行诗就足以胜过他们一起的分量。

狄奥倪索斯

你俩都是我的朋友,我无法给你们评判,
你俩我谁也不想得罪,
一个那么智慧,另一个我那么喜欢。

冥王
那么你来到此处，最后毫无结果？

狄奥倪索斯
要是我决断了，又如何？

冥王
带走获胜者，
这样你这一趟也算没有白跑。

狄奥倪索斯
祝你幸运，朋友，那么听我说，
我是下来要一位诗人的。

欧里庇得斯
为了什么目的？

狄奥倪索斯
为了城邦得救后主办歌咏比赛。[1]
你俩中谁能给城邦最好的忠告，
我将带他和我一起回到上面去。
首先我问你们关于亚西比德[2]的事情，
请说出你们的想法，他正在使城邦痛苦。

欧里庇得斯
城邦对他有什么看法？

1. 城邦不仅迫切需要诗人埃斯库罗斯的忠告，而且需要他的诗歌，否则她的歌队将会永远地沉默。
2. 这时亚西比德在第二次流放之中，正住在其克松尼斯的领地上。

狄奥倪索斯

什么看法?

她想念他,又恨他,又渴望他回来。

但是,请告诉我,你们两人对他有什么看法?

欧里庇得斯

我憎恨这样的公民:

他帮助城邦时慢吞吞,伤害城邦时急匆匆。

对他自己是益鸟,对城邦则是个害虫。

狄奥倪索斯

波塞冬作证,这话说得好。

(向埃斯库罗斯)

那么你的看法呢?

埃斯库罗斯

城邦最好不要养狮子,

如果把它养大了,就应该顺着它。

狄奥倪索斯

宙斯,救星啊!我仍然无法裁决。

因为,一个说得那么机智,另一个说得那么清晰。

再来一次吧。让你们每人说出

一个拯救城邦的计划。

欧里庇得斯

如果有人给

克勒奥克里托斯[1]插上克涅西阿斯的翅膀，

风将把他们吹到海的上空。

狄奥倪索斯

是个好笑的情景，我承认。

但这是什么意思呢？

欧里庇得斯

战舰交战时，手握佐料瓶的人

可以把醋洒下来，落到敌人的眼睛里，

我知道，并且想说。[2]

狄奥倪索斯

快说出来。

欧里庇得斯

当不被信任者被信任，

被信任者不被信任时。

狄奥倪索斯

怎么？我不太明白。

请把话说简单明白点。

[1] 一个笨拙丑陋的雅典人，样子像只鸵鸟。
[2] 有研究者认为，本页第1行（*如果有人给*）至第7行（*可以把醋洒下来*）如果删掉，第8行（*我知道，并且想说*）和上页最后一行（*一个拯救城邦的计划*）语气上就连接起来了。

欧里庇得斯

假如我们不再信任我们现在
所信任的公民，任用那些我们现在
没任用的人，这城邦就有获救的希望了。
既然当前的做法效果不好，肯定
可以在相反的方向找到拯救的办法。

狄奥倪索斯

说得好，你这帕拉米得斯[1]，鬼点子真多。
这是你自己想到的，还是克菲索丰想出来的？

欧里庇得斯

我自己，醋瓶的办法是他想出来的。

狄奥倪索斯

（向埃斯库罗斯）

现在，轮到你了。

埃斯库罗斯

但是，请先告诉我，城邦
现在用什么样的人，是贤者吗？

狄奥倪索斯

绝非。
她憎恨、厌恶他们。

[1] 在智巧方面与奥德修斯不相上下。据说掷骰子等游戏是他发明的，欧里庇得斯曾用这名字命名过一个剧本。

埃斯库罗斯

她喜欢坏人?

狄奥倪索斯

不是喜欢他们,是不得已而用之。

埃斯库罗斯

斗篷和皮袄都不能穿[1]——
这样的城邦怎么能得救呢?

狄奥倪索斯

假如你想回到上面去,可要想个办法出来呀!

埃斯库罗斯

等到了上面再说,在这里我不想回答。

狄奥倪索斯

不,不,你的酬金是从这下面上去的。[2]

埃斯库罗斯

当他们不再视敌人之国土为己有,
视自己之国土为敌有的时候,
当他们不再认为岁入靠舰队靠税贡的时候。

狄奥倪索斯

说得好,仅仅陪审员就能把岁入啃光了。

---

1. 这是句谚语,意思是:"它对什么都不满意。"
2. "你必须在这里(下面)作出答复。"

冥王
现在,你裁判吧。

狄奥倪索斯
我答应,
我将选择我心喜欢的人。

欧里庇得斯
哎,别忘了你当时对众神发过的誓言,
你发誓要把我带回去的,选择你的朋友吧!

狄奥倪索斯

"发誓的是我的舌头",现在我选择埃斯库罗斯。

欧里庇得斯

你做了什么呀,最坏的人!

狄奥倪索斯

我?
我判埃斯库罗斯胜了,为什么不?

欧里庇得斯

做了这样可耻的事情,你还敢正眼看我吗?

狄奥倪索斯

哪有什么可耻,假如观众们不这样以为?[1]

欧里庇得斯

罪恶的人,你要让我留下死吗?

狄奥倪索斯

谁知道呀,如果死就是活,活就是死,
呼吸就是吃喝,睡觉就是一床被褥?

冥王

狄奥倪索斯啊,现在你们进屋去吧。

---

[1] 戏拟欧里庇得斯诗句。他在《埃奥洛斯》一剧里讲述兄妹通婚。在该剧中欧里庇得斯的台词是:"有什么关系,假如做此事的人不那么想?"

狄奥倪索斯

干什么?

冥王

离开前,我要宴请你们[1]。

狄奥倪索斯

好主意。

宙斯作证,我一点也不觉得为难。

---

1. "你们"指酒神和埃斯库罗斯。冥王要在他们回人间前款待他们。

退 场

歌队

机敏智慧的人

是幸福的。

我见过许多这样的事例。

这位闻名的诗人，
就要重返人间，
给他的城邦带去喜悦，
给他的亲人带去喜悦，
给他的朋友带去喜悦，
由于他拥有闪光的智慧。
他没有背叛诗神
忘了崇高的义务，
去和苏格拉底
作无意义的闲聊，
这对悲剧艺术
是件幸事。
在华丽辞藻
空洞闲聊中
浪费时光的人
只能是蠢人。

冥王

祝你快乐，埃斯库罗斯，回到阳世去吧，
去拯救雅典，我们的城邦。
在那里用善意的忠告教导
愚蠢的人们，他们为数甚多。
朋友，请把这个[1]交给克勒奥丰，
把这个交给那些征税人，
再把这个带给尼科马科斯和米墨克斯，
还把这个交给阿克诺墨斯，

---

1. 以下递给他们一根绳子、一把匕首或一包毒药。

通知他们所有的人，快来阴曹地府报到，
不得拖延；假如他们在上面拖延，
凭阿波罗发誓我要亲自上去
把他们捉拿归案，打上烙印，
戴上脚镣，把他们和
琉科洛福斯之子阿得墨托斯
一起发配到地下。

埃斯库罗斯
我接受这些任务。我不在这里的期间

请把我的席位交给索福克勒斯,
（因为我认为他在我们
神圣的诗艺中地位仅次于我,）
直到我再次回来坐在你身边。
至于那位无耻的混蛋,
下流的小丑,坏故事的创作者,
啊,可别让他坐在我空缺的席位上,
即使他争着要,也别让他坐上去。

冥王
（向歌队）
你们高举起神圣的火炬,
把尊贵的客人送到阳世去。
让我们来赞美他,
用他自己好听的歌曲。

歌队
首先,当获胜的诗人正要
从这里奔赴阳世之际,
愿你们这些冥界的神灵,
保佑他旅途平安。
保佑他为城邦想出好主意,
引导她走上幸福之路,
让我们从巨大的痛苦、恐惧
和悲伤中完全解脱出来,
从战争中解脱出来,让克勒奥丰

和他那帮人,在遥远的地方,
在他们自己的祖国去战争吧,
如果他们必须战争。

图书在版编目（CIP）数据

鸟·蛙：插图珍藏版 /（古希腊）阿里斯托芬著；
（英）约翰·奥斯汀 (John Austen),（美）阿瑟·勒恩
德 (Arthur Learned) 绘；张竹明译. -- 南京：江苏
凤凰文艺出版社, 2021.12
ISBN 978-7-5594-5966-4

Ⅰ. ①鸟… Ⅱ. ①阿… ②约… ③阿… ④张… Ⅲ.
①喜剧 - 剧本 - 作品集 - 古希腊 Ⅳ. ① I545.32

中国版本图书馆CIP数据核字(2021)第100963号

鸟·蛙（插图珍藏版）

［古希腊］阿里斯托芬 著　　［英］约翰·奥斯汀　［美］阿瑟·勒恩德 绘　张竹明 译

策　　划	尚　飞
责任编辑	王　青
特约编辑	俞延澜
装帧设计	墨白空间·肖雅
出版发行	江苏凤凰文艺出版社
	南京市中央路165号，邮编：210009
网　　址	http://www.jswenyi.com
印　　刷	天津创先河普业印刷有限公司
开　　本	889毫米×1194毫米　1/16
印　　张	20
字　　数	273千字
版　　次	2021年12月第1版
印　　次	2021年12月第1次印刷
书　　号	ISBN 978-7-5594-5966-4
定　　价	148.00元

江苏凤凰文艺版图书凡印刷、装订错误，可向出版社调换，联系电话025-83280257